AVANTURES

DE

DON ANTONIO

DE BUFFALIS.

HISTOIRE ITALIENNE.

A PARIS,

Par la Compagnie des Libraires.

M. DCC. XXIV.

Avec Approbation & Privilege du Roy.

TABLE

DES

CHAPITRES.

ã iij

TABLE.

DES CHAPITRES.

TABLE

LIVRE SECOND.

DES CHAPITRES.

TABLE

CHAP. IX.

DES CHAPITRES.

CHAP. XIV.

CHAP. XV.

CHAP. XVI.

CHAP. XVII.

TABLE DES CHAPITRES.

CHAP. XVIII.

CHAP. XIX.

Fin de la Table des Chapitres.

AVANTURES

AVANTURES
DE
DON ANTONIO
DE BUFFALIS.

LIVRE PREMIER.

CHAP. I.

Qui traite de plusieurs choses bonnes à scavoir à qui veut lire le Livre.

JE suis né à MILAN dans une famille plus noble qu'illustre. Mon pere étoit élevé à une dignité considérable, & il se distinguoit par une dépense magnifique & par une politesse digne de sa naissance. Mais les fonds s'épuiserent bientôt, les Créanciers parurent, on décre-

A

ta une belle Terre qui nous apartenoit, & sa charge fut venduë. Alors ma Mere, qui ne pouvoit s'accoûtumer à la vie mediocre à laquelle ce dérangement alloit nous condamner, prit le parti de se retirer à ROME chez EMMANUEL RINALDI, son Pere, & je lui échûs dans le partage qu'elle fit de ses enfans avec son mari.

Depuis ce temps là, elle se repentit cent fois du troc imprudent qu'elle avoit fait, de la maison d'un Epoux contre celle d'un parent, & elle regreta l'indigence tranquille & libre, qu'elle avoit craint. Mais il étoit trop tard; & elle n'osoit plus aller retrouver un homme, dont elle n'avoit pas eû le courage de partager les malheurs. Pour moi, comme je n'avois que neuf ans dans ce temps là, je ne sentis point le changement de ma fortune, & ma jeunesse m'épargna les chagrins qui dévoroient ma Mere, mais je ne les connus que trop dix huit mois après. On résolut de me faire étudier, & DONA MARIA ma tante, déja lasse de me voir dans sa maison, me mit en pension chez un Genois nommé FRANCISCO, ou je demeurai cinq ans; Je puis dire que peu

d'Ecoliers firent des progrès aussi prompts
que moi. Les Soûs Maîtres étoient charmés de ma facilité , ils faisoient par
tout mon éloge, & à les croire , je devois être le modele des Ecoliers.

Ces qualitez m'attirerent d'abord l'envie
de mes jeunes compagnons : ils faisoient
des railleries piquantes de mon attachement à l'étude , & chaque jour ils me
joüoient des pieces nouvelles. Je ne disois rien, j'étouffois mon petit ressentiment, j'essaïois même de les gagner
par ma complaisance & je réussis à la
fin. Du moins il n'y eût plus que des
brutaux, haïs eux-mêmes de tous le
monde , qui continuerent de me haïr.

Le Maître seul avoit toûjours une
espece d'horreur pour moi, il m'acca-
bloit de travail & de mauvais traitemens. J'avois à peine un moment de
plaisir quand il étoit sorti, & il me
chargeoit de coups, dès qu'il étoit revenu, bienheureux encore, s'il ne se
fût pas vangé sur moi du mal que je
ne lui faisois point. Mais perdoit-il un
procès , lui voloit-on une cuillere,
égaroit-il un livre, j'expiois les fautes
de la fortune, & il en punissoit le pauvre ANTONIO de BUFFALIS.

J'eus beau me plaindre de ces traitemens injustes à DONA MARIA, pré-
venuë contre mes discours par la haine
qu'elle me portoit, & par les faux ra-
ports du Pédant, qui l'avoit gagnée par
ses manieres patelines, elle ne m'écoutoit point; j'étois un menteur, un fourbe
& sous un air ingenu & une conduite
simple, je cachois une ame hypocrite,
& une invincible paresse. Ma Mere ne
me recevoit gueres mieux que cette crédule Tante; & de peur de la désobliger,
elle me tenoit à peu près le même langage. Elle m'embrassoit ensuite, les
larmes couloient malgré elle de ses yeux,
mais elle les essuyoit, pour n'être point
vûë de DONA MARIA, & elle me ren-
voïoit au College, en m'exhortant d'é-
tudier bien. Je me souviens encore que
je la quittois toûjours, le cœur serré
de douleur, & que je marchois dans les
ruës de ROME, comme un homme troublé & hors de lui. Je r'entrois enfin chez
le terrible Genois; je comparois ce
Maître dur à la tendre Mere, que je venois de voir. Tout me choquoit chez
lui, sa maison me paroissoit une prison
affreuse, & je tombois dans une mélancolie dont il me retiroit bientot à

force de coups. Enfin je me dégoûtai
entierement, je cessai de m'appliquer
aux belles Lettres, & je ne songeai
plus qu'à faire enrager cet homme,
que je regardois comme un Boureau.

C H A P. I I.

*Quel homme estoit le Maître de D.
Antonio, & le tour que son
Disciple lui joüa.*

A ses belles qualités, mon aimable
Pédagogue joignoit toutes celles
qui constituënt un cagot fieffé. Il mar-
choit les yeux baissés, la tête panchée
sur une épaule, & son air triste sembloit dire, voyez comme FRANCISCO
se mortifie. On le voïoit à la Messe
marmoter devotement des prieres,
rouler un long Chapelet d'un air fer-
vent, & lancer de temps en temps, des
regards enflammés vers le ciel. En sor-
tant de l'Eglise, il attroupoit une ving-
taine de pauvres, ausquels il distribuoit
lentement trois ou quatre sols. On
n'admettoit à sa table que des Myf-
tiques, qui s'entretenoient avec lui des

myſteres ſublimes de la vie ſpirituelle,
de l'union intime de l'ame avec Dieu,
des douces voluptés de la vie unitive;
de la liquéfaction & de la transforma-
tion de nous - mêmes dans la Divinité ;
enfin il étoit de toutes les Confrairies,
de la Congrégation des Jeſuites, du Sca-
pulaire des Carmes , du Roſaire des
Dominicains, du Cordon de S. François ; que ſais-je moi , tous les Saints
de la Litanie devoient quelque choſe
à ce bon ſerviteur, & il étoit lui-même
un petit Saint, à l'orgueil & à la mé-
diſance prêt.

De quoi n'eſt-on pas capable, quand
on eſt pouſſé à bout ? tout jeune que
j'étois , je formai là-deſſus le plan
de la vangeance que je méditois de tirer de lui, jeûs l'adreſſe de la faire
réüſſir , & le hazard acheva ce que
j'avois commencé. J'avois vû chez une
de mes parentes une jeune fille de Chambre nommée Isabella, qui en étoit
ſortie depuis peu , & qui demeuroit
dans une petite maiſon près de la Place
Navone. Mon Maître la connoiſſoit
auſſi-bien que moi ; il lui avoit parlé
ſouvent, mais il n'avoit jamais ſenti
d'amour pour elle , ou du moins je n'en

avois rien fçû. Cependant j'allai la trouver un jour : je lui dis que le Seigneur
FRANCISCO l'aimoit à la folie, qu'il ne
pouvoit s'empêcher de nous parler
d'elle à chaque inftant, que j'étois perfuadé qu'il étoit fincerement touché,
& que les autres Ecoliers le croioient
comme moi. J'ajoutai qu'il m'avoit demandé avec beaucoup d'empreffement,
où elle demeuroit, & que j'avois même
lû des vers qu'il lui deftinoit, en un mot
je lui prouvai fi bien qu'il étoit vivement feru, qu'elle s'imagina, quoique
je lui diffe, que c'étoit de fa part que
j'étois venu la voir. Pour lui perfuader
encore mieux ce que j'avois avancé,
je lui fis donner une ferenade fur les
neuf heures du foir, au nom du Seigneur FRANCISCO, & je retournai enfuite au logis.

Il ne me manquoit plus que de faire
tomber le fin Genois dans le panneau
que je lui tendois. J'en vins auffi à bout
par le moïen d'une vieille, qu'un de mes
amis m'avoit indiquée. Cette femme
à qui j'avois donné mes ordres, vint à
près de minuit fraper à la porte ; mon
Maître ouvrit, & elle lui montra une
lettre, où ISABELLA le prioit de vé-

nir au plus vîte chez elle. Vôtre frere
difoit elle, a été attaqué par des affaf-
fins, il s'eſt fauvé chez moi, & il veut
vous parler avant de mourir. La lettre
étoit de moi ; mais le pauvre homme
étoit ſi étourdi de cette nouvelle ; que
quand mon caractere auroit été moins
contrefait, il ne s'en feroit pas aperçû.
Ainſi couvert d'une robe de chambre
& le poignard ſous le bras ; avec une
bourſe à la main , il ſe déroba doucement de la maiſon , & alla chez Is A-
BELLA.

Cette fille qui étoit couchée, fit un
cri affreux en voïant entrer ce ſpectre
armé dans ſa chambre , & elle penſa
d'abord qu'il venoit la forcer ; lui de
ſon coſté ne ſçavoit que croire de cette
reception inattenduë ; enfin il s'aviſa
de lui montrer dix ſcudi , & il s'a
procha de ſon lit pour les lui donner.
Mais il ne gagna rien ſur une perſonne
que la peur aveugloit , & les cris qu'elle
continua de faire , quand elle apperçût
l'argent qu'il lui offroit , appellerent
les voiſins. Ceux-ci en le voïant dans
cet équipage biſarre , le prirent pour
un ſcelerat , les diſcours de la fille acheverent de les perſuader , & ſans plus

confulter, ils fe jetterent fur lui. Quelques-uns d'eux qui le connoiſſoient, le
traiterent d'hypocrite, les autres l'aſ-
fommerent de coups, & ſi la charitable
ISABELLA n'eût intercedé pour lui auprès de cette canaille furieuſe, c'étoit
fait du dévot FRANCISCO, ou bien on
l'auroit livré au Barigel. Mais il ne la
porta pas loin ; car en ſortant de la
Place NAVONE, des Sbires qui le virent
fuir à toute jambe, avec un poignard
& une bourſe à la main, l'arrêterent
& le conduiſirent en priſon.

Dés le lendemain, la choſe fut publique ; ceux qui avoient été témoins de
l'avanture nocturne, dépoſerent contre
lui, & l'affaire devint criminelle. On
l'interrogea le même jour ; ſes réponſes
ne ſatisfirent point, & il ſe trouvoit
dans un extreme embarras, lorſque les
Jeſuites obtinrent par leur crédit, qu'on
aſſoupiroit l'affaire, & qu'on lui ordon-
neroit de ſortir ſecretement de ROME.
Je vous avoüe que je fus charmé de
ce biais : car je craignois d'être découvert, ſi l'on pourſuivoit le procès, &
d'un autre coſté, ſi je ne l'étois pas,
la perte de ce malheureux étoit aſſurée.
L'un ou l'autre me paroiſſoit facheux ;

mais enfin la fortune me fauva, & je me vis en même tems vangé & délivré du barbare F R A N C I S C O.

CHAP. III.

Comme il changea de Maître & ce qui en arriva. Defcription d'une nouvelle chaffe.

J Entrai enfuite chez un nouveau Maître, qui étoit plein d'efprit & de raifon. Je m'aperçûs dès les premiers jours, qu'il ne falloit que faire mon devoir, pour être heureux avec lui. Ainfi je me remis en train, & j'eus le plaifir de voir qu'il s'attachoit à moi, à mefure que je m'attachois au travail. Cela m'encouragea, & en moins d'un an, je réparai le temps que j'avois perdu chez l'autre, & je me vis le premier Ecolier de ma Claffe. Je bénis encore maintenant ce fage Precepteur. Il fçavoit m'infpirer une noble émulation. Il me donnoit des loüanges à propos il avoit découvert mes talens, & il ne m'apliquoit qu'à ce à quoi j'étois propre. Quand je faifois des fautes, je fentois qu'il me puniffoit à regret

enfin je m'acquitois de ce que j'avois à
faire, autant par amitié pour lui, que
par un amour legitime de la gloire.
Cette année paſſa bien vîte pour moi,
& j'ai eû lieu de la regretter cent fois
depuis, & de pleurer cet honnête homme, qui mourut dans ce temps-là.

Je changeai pour la troiſiéme fois
de Maître, & je tombai entre les mains
d'un brutal, qui me perdit. Il s'apel-
loit MAZZIERE, & il étoit né dans
un Village de la CALABRE, où il avoit
étudié chez un Curé qu'il ſervoit. De
cet honorable emploi, il avoit paſſé à
celui de ce qu'on appelle Magiſter en
FRANCE, & enfin le Seigneur de ſa
paroiſſe l'avoit conduit à ROME, où il
avoit trouvé le moïen d'établir un petit College. Il eſt aiſé de juger quelle
politeſſe il avoit pû acquerir dans ſa
Province, & quelle experience il avoit
dans l'éducation d'une jeuneſſe diſtin-
guée. Cependant une perſonne des a-
mies de ma Tante le lui recommanda
avec ſoin, & elle me confia à ſa prudence, par la ſeule raiſon, qu'on l'en
avoit priée. J'en fus la victime.

Ce ruſtique Pédant, ſans faire attention que j'étois déja d'un certain âge,

où l'on doit, petit-à-petit, accoûtumer
les jeunes gens à ufer bien de la liberté,
ne m'en accordoit aucune. Il me fuivoit
par tout, il cenfuroit mes moindres
actions, & je ne pouvois difpofer qu'à
fa fantaifie de l'argent, que ma Mere
me donnoit. Ce n'eft pas encore tout.
Comme fi j'avois dû, en le quittant,
fucceder à fon ancienne dignité de
Maître d'Ecole de Campagne, il vouloit abfolument que j'adoptaffe fes airs
pedantefques, & fes manieres Cala-
broifes; que je me miffe, comme lui,
& que mes cheveux fuffent toûjours plats
& gras, comme les fiens. Vraiment
me difoit-il d'un ton de voix païfan,
vous me la baillez belle avec vos airs
pimpans & votre mine freluquette. Hé
mort de ma vie, faut-il tant de façons
pour s'habiller? mais paffe encore pour
cela; ce que je ne fçaurois fouffrir,
c'eft ce virtuofo qui vient ici vous apprendre à danfer; beau virtuofo de bale
avec fes pas de fifonne, & fon violon
qu'il racle! Si l'on faifoit bien, on
enverroit tous ces gens-là dans le Tibre
donner des leçons aux Poiffons. Croïez-
moi, & plantez à la porte cet animal
là; les gens de fon métier ne font bons à

rien qu'à corrompre la jeuneffe,

Je ne faifois que rire de ces décla-
mations ridicules, qu'il me repetoit tous
les jours ; mais je ne riois pas de même
de la contrainte où je me voïois, & je
me fentois déja trop grand, pour porter bien patiemment le joug. Cependant
je ne voïois pas de moïen de m'en
délivrer, parce que DONA MARIA s'y
oppofoit toûjours : & il falloit faire
de néceffité vertu. Je m'y réfolus à la
fin, & en même tems je fis un grand
vœu de me divertir de mon mieux aux
dépens du manant.

Dieu fait avec quel zele je m'en ac-
quitai, & combien de fois à l'aide de
mes fidelles camarades, je mis la vigi-
lance du bon MAZZIERE en défaut
& fa patience à bout. Tantôt c'étoit du
vin dérobé, tantôt des vîtres caffées,
des meubles rompus, des coûverts ou
des livres cachez, c'étoit toûjours quelque chofe de nouveau, & il avoit beau
pefter, il ne découvroit rien.

Voici ce qui acheva de le dépiter,
& ce qui me ruina tout-à-fait. Le Calabrois nourriffoit des Oïes & des Pou-
lets d'Inde dans une Baffe-cour ; fur laquelle mes fenêtres donnoient. J'y avois

vû plus d'une fois ces pacifiques ani-
maux, se promener sans penser à mal
& plus d'une fois je les avois regardez
d'un œil ennemi. Mais je n'avois pû
faire rien de plus, parce que la porte
de l'endroit où ils étoient, étoit fermée
soigneusement, & que mes fenêtres é-
toient trop hautes, pour me hazarder
de descendre par-là. Cependant je m'y
serois enfin déterminé, & la chose en
valoit la peine, puis qu'il s'agissoit de
satisfaire mon humeur vindicative & ma
friandise tout à la fois. Mais j'inventai
un meilleur expedient, & je m'avisai
de pêcher la volaille. J'achetai pour cela
des Baguettes un peu fortes, de la fi-
celle & de gros hameçons. La cuisine
me fournit ce qu'il faloit pour servir
d'appas, & pour mon coup d'essai je
pris un dindon, auquel je coupai la
tête, & que je rejettai ensuite, après
en avoir tiré tout le sang.

MAZZIERE qui alloit tous les
jours visiter sa basse-cour, ne fut pas
long-temps sans voir ce désastre, & il
pensa comme je l'avois prévû, qu'une
Belette lui avoit joué ce tour-là. Ainsi
il ne me soupçonna point, & il crut
bien pourvoir à ses Oies, en bouchant

tous les trous par ou une Belette pouvoit s'introduire. Pour moi je continuai mon agréable pêche, & je m'en
trouvai si bien pendant trois semaines,
que le succès endormit ma prudence.
J'avois coûtume, aprés avoir attrapé
ma proie, d'en jetter les plumes dans
la cour, & d'en déchirer quelque morceau crud, qui donnoit lieu de juger
que quelque animal l'avoit mangé. Je
négligeai cette utile méthode, & jeûs
la présomption d'y jetter une cuisse rô-
tie. On ne nous dit mot, on examina
nos allures, & on me surprit à la fin
l'hameçon & l'Oïe à la main.

   Jamais homme ne fut plus étonné
que moi à l'aspect de MAZZIERE,
si ce n'est MAZZIERE lui même,
qui étoit demeuré les yeux ouverts, la
bouche béante, & immobile comme
un Terme. Mais il ne resta pas long-
temps dans cette posture. Je le vis foudre
sur moi comme un Lion, & en un moment j'en reçûs une grêle de coups de
canne, qui me firent perdre le senti-
ment. Il me lia ensuite à un pieu, me
dépoüilla, & au son d'une cloche,
qui servoit à assembler les Ecoliers,
il me donna plus de cent coups de vingt

cordes à quatre nœuds chacune, qu'il
emploïoit d'ordinaire à ces cruelles ex-
peditions. Non content de cet exploit,
il me laissa six heures entieres en cet
état. Il me fit voir à ma Mere & à ma
Tante, qui étoient venuës s'informer
de moi, & il ne cessa pas de m'in-
sulter ; jusqu'à ce qu'on vint me déta-
cher pour souper.

On peut bien juger que j'avois peu
d'appetit. Je mangeai cependant assez
bien, pour mieux cacher la fureur qui
m'agittoit, & après avoir bû trois coups
de vin qui m'ennyvrerent d'abord,
j'allai trouver un jeune homme de mes
amis, nommé FABRICIO. C'étoit
un Garçon de vingt trois ans, dératé
comme un Page : malicieux comme un
Singe, fort comme un Turc, coura-
geux comme quatre, au reste plein
d'esprit, naturellement plaisant, &
officieux au dernier point. Je m'ouvris
à lui sur le projet que j'avois fait de
sortir de chez MAZZIERE : je lui
communiquai mes raisons, & je le
trouvai dans la résolution de sortir
lui-même, parce que ses parens le mé-
contentoient. Je pris la bale au bond
& je l'engageai aussi-tôt a demander au

Calabrois la permiffion de fortir pour lui & pour moi, réfolus de nous en fervir pour nous évader. Nous l'obtinmes fort aifément, parce que mon chatiment l'avoit mis en belle humeur ; mais il voulut abfolument venir avec nous.

Cette obftination rompit le deffein que j'avois formé, mais elle en fit naître un autre. En fortant de Roms, j'apperçûs trois Crocheteurs qui fe promenoient comme nous ; je ne dis rien : que quand nous fûmes dans un creux. où l'on ne pouvoit point nous voir ; alors je leur fit figne d'approcher, & en leurs préfentant deux Scudi, je les priai de m'aider à donner le foüet à cet honnête homme que je leur montrois. Vous ne fçauriez croire avec quelle promptitude je fus fervi. L'un le prit par un bras, l'autre par une jambe, & en moins de rien, il reçût de mon Compagnon, des Crocheteurs & de moi le quadruple de ce qu'il m'avoit preté le matin. Nous nous échapâmes enfuite, chacun où nous pûmes : pour moi, je pris avec FABRICIO la route de MILAN, & après avoir marché prefque toute la nuit, fans fça-

voir ce que nous faiſions, nous arrivâmes ſans ſçavoir comment, environ
à trois heures du matin, dans une Auberge qui eſt à huit mille de R o m e
ſur le chemin.

_____

C H A P I V.

De la ſortie de D. Antonio & de D.
Fabricio, & de ce qu'ils fi-
rent dans deux Hôtelleries.

N Ous étions ſi fatiguez l'un & l'autre que nous fûmes obligez d'aller
nous coucher. Nous dormîmes juſqu'à
midi, malgré nos inquiétudes, & nous
aurions dormi plus long-tems, ſi l'hôte
qui ne profitoit pas autant de nôtre
ſommeil que nous, ne nous eût reveil-
lés pour dîner. Nous deſcendîmes en
bas, & nous trouvâmes des Officiers
qui alloient ſolliciter le Cardinal de
S a n t i Q u a t r o de leur faire
accorder de l'emploi. Dans une autre
occaſion je me ſerois diverti extrême-
ment avec ces originaux. On auroit dit
à les entendre, que l'Etat rouloit tout
entier ſur eux, & que ſans leur ſecours

on n'auroit gagné aucune bataille. Ils
ne parloient que de leurs services, de
ceux qu'ils pouvoient rendre, & des
lumieres qu'ils avoient données à un
tel Géneral, auquel elles avoient valu
une pleine victoire. Ils se rabattoient
après cela sur les Ministres, & en pé-
riodes arondies par d'élegantes manieres
de jurer, ils pestoient contre l'ingratitude de ces Messieurs, & traitoient
du haut en bas tous les Courtisans.

Pendant que nous étions à table, il
arriva un homme d'une figure assez
commune, & couvert d'un habit fort
simple. Nos gens ne jugerent pas à propos de changer de discours pour lui,
& ils en dirent des plus belles des premiers Seigneurs de la Cour, & sur tout
du Comte DONATI, qui avoit alors
le département des affaires de la Guerre.
Parbleu interrompit l'un d'eux, à propos de ce DONATI, c'est un plaisant
faquin, avec ses continuelles défaites.
Je me suis donné la peine d'aller chez
ce Ministre cent fois. Il m'accable de
caresses : Seigneur RIVELLINI, me
dit-il, je suis au désespoir de ne pouvoir m'acquiter de ce que je vous dois
mais comptez à l'avenir sur ma recon-

noiſſance. Vais-je un mois après chez
lui, c'eſt toûjours le même compliment
Ventrebleu, eſt-ce là comme j'en ai agi
avec lui, & traite-t'on ainſi les gens
d'honneur ? Le Maroufle n'a qu'à y
revenir, je le recevrai comme il le mérite.

Le nouveau venu, qui n'avoit pas
encore ouvert la bouche, prit la parole
là-deſſus, & il remontra à ce fendant
qu'il devoit épargner un peu les Miniſtres; qu'ils ne connoiſſoient pas tous
les Officiers, & qu'enfin les récom-
penſes étoient rares, & plus encore ceux
qui les méritoient. Comment petit Bourgeois, répondit le bilieux Capitaine ?
que voulez-vous dire ? Sçachez que je
crains peu les Miniſtres, & que ſi je voiois
DONATI, je lui parlerois tout comme
à vous. Eh bien parlez lui donc, repliqua d'un air froid le petit homme, que
j'avois pris moi même pour un Bourgeois, il eſt devant vous ; c'eſt moi, &
ſi vous ne m'en croyez pas, demandez-
le à mes Eſtafiers, ils ſont dans l'Hôtellerie. Imaginez-vous la confuſion d'un
Poëte, qui lit ſes vers, & qui ne reçoit
point d'aplaudiſſement. Telle fut celle des
deux Fierabras. Je les laiſſai là pour

payer l'Hôte, & nous partîmes auſſi-
tôt, FABRICIO & moi.

Le chemin nous parut fort long,
quoique nous allaſſions toûjours comme
des gens qui ſe croyent pourſuivis ,
& nous ne deſſerâmes les dents , que
dans l'Auberge de CETONA , où nous
couchâmes cette nuit-là. Alors nous
commençâmes à reflechir ſur le mauvais pas que nous avions fait , & à
nous repentir de bon cœur de la vangeance que nous avions tirée de MAZ-
ZIERE. Que feras-tu , me diſois-je ,
malheureux ANTONIO ? ſi tu retournes
à ROME , D. MARIA ne t'aime point ,
elle te fera enfermer : ſi tu vas à MI-
LAN , ton Pere ſera embaraſſé de ta
perſonne , & il te livrera à ta Tante ,
Où iras-tu donc ? as-tu de l'argent ?
Encore ſi tu étois ſeul , & que tu n'euſſes
pas entraîné FABRICIO dans le précipice avec toi ! mais comment le nour-
riras-tu , ear il n'eſt gueres plus a ſon
aiſe que toi ? tu as déja dépenſé la
moitié de ce que tu as : il ne te reſte
que quatre Ducats, dont trois ſont à
lui , & à peine es-tu à trente mille de
ROME. En verité tu es un joli Garçon ,
& tu as de grandes reſſources , pour

faire de pareilles équipées, à l'âge de dix-huit ans.

FABRICIO de son côté rêvoit aussi, & nous faisions, les coudes apuyés sur une table, & les yeux baissés, une assés grotesque figure, l'orsqu'on nous apporta le souper, & d'assez bon vin. J'étois si occupé de mes chagrinantes méditations, que je n'y pris pas garde, & je crois que j'aurois rêvé jusqu'au lendemain, si FABRICIO ne m'avoit tiré par la manche en riant. Eh bien, Monsieur, me dit-il, qu'est-ce que Dieu vous a revelé dans cette longue extase, où je vous ai vû plongé ? que nous sommes bien malheureux, répondis-je, & que demain nous le serons encore plus. Est-ce là tout le profit que vous retirez de vos songes, repliqua-t-il ? & moi je dis que vous êtes un sot : que j'en serois un de vous croire, & que nous voici sur le chemin de la FORTUNE. Bon courage seulement, cette Déesse aime les gens de cœur, soyons-les. Ce discours prononcé d'un air plaisant me fit rire ; nous bûmes chacun cinq ou six coups d'un vin de SORRENTO, qui nous mit en train de continuer, & nous nous couchâmes avec une merveilleuse gaieté.

Le lendemain nous fismes nôtre compte
qui montoit à un Ducat : ensuite nous
mangeâmes un morceau de jambon,
& nous marchâmes jusqu'à un bois,
ou nous tinmes Conseil sur la route
que nous devions tenir. Les avis furent
d'abord partagés. FABRICIO vouloit
que nous nous rendissions à MILAN,
& je voulois aller à FLORENCE, par
ce que j'avois étudié avec un jeune
Seigneur de cette Ville, sur lequel je
faisois un grand fond. Cependant nous
decidâmes que nous tournerions nos
vûës du côté de Genes. Ce reglement
signé de nous, j'en proposai un autre.
Nôtre bourse étoit presque épuisée
par les copieuses saignées, que nous
lui avions faites les deux jours précedens. J'ouvris un avis pour l'épargner;
c'étoit de n'avoir plus de commerce
avec les Seigneurs Hôtelliers, d'acheter
du pain chez les Boulangers, & de coucher dans les Hôpitaux. Tandis que je
faisois valoir l'utilité, & même la necessité, qu'il y avoit pour nous, de
suivre ce conseil, FABRICIO qui avoit
un fond inépuisable de gayeté, m'interrompit, en ces termes. Encore une
fois, Signor ANTONIO, vous me faites

pitié , avec vos fentimens bas & vos
ridicules défiances. Aller coucher fur
la paille , & manger un morceau de
pain fec , ou tout au plus, couvert d'un
peu de fromage moifi ! Voilà ma foi
une belle méthode ! Je veux mourir ,
fi ces gens d'efprit , ne font pas les plus
pauvres perfonnages du monde , avec
leur fotte prévoyance. Eh', que craignez vous ? qui peut vous manquer ?
trouverez-vous moins de bonnes for-
tunes que tant d'autres ? vous êtes auffi
joli Garçon que tel qui fe vante d'en
avoir fait litiere ; croyez moi, fouffrez
que je vous conduife, vous vous en
trouverez bien ; mais , au moins, ajoûta-t-il fur le champ, promettez-moi
de vous fouvenir de vôtre fidele F A-
BRICIO : quand vous ferez dans la grandeur. C'eft tout ce qu'il fouhaite de
vôtre illuftriffime Seigneurie. Je ne pûs
m'empêcher d'éclater à ces plaifante-
ries dites d'un ton ferieux ; mais je
n'en infiftai pas moins fur ce que j'a-
vois propofé, & FABRICIO s'y rangea à la fin.

CHAP.

CHAP. V.

Où l'on voit les premiers malheurs qu'ils essuierent.

NOus partîmes aussi tôt, & après avoir pris deux livres de pain dans un Village, nous courûmes jusques à neuf heures du soir, que nous arrivâmes enfin à Aquapendante. Nous frapâmes à la porte de l'Hôpital qu'un Païsan nous enseigna, mais il n'y avoit personne. Un silence profond regnoit par tout, & deux gros Dogues répondoient seuls au bruit que nous faisions. Cependant les tenebres devenoient affreuses, la Lune se couv. oit de nuages, & nous pouvions à peine nous voir FABRICIO & moi. Pour comble de malheurs, une grosse pluie tomba tout à coup, & en un instant nos habits qui étoient assez minces, en furent penétrés. Allons, dis-je à FABRICIO, partons de ce malheureux Village, où personne n'est sensible à la pitié, & où ceux même qui sont chargés de faire la charité aux Passans, ne la font pas. Peut-être trouverons-nous mieux ailleurs.

C

Pendant que je parlois ainſi, j'entendis une porte s'ouvrir dans l'Hôpital, & quelqu'un qui venoit avec des clefs à la main. Je crûs alors qu'on étoit touché de ce que nous avions ſouffert, & qu'on alloit nous donner un bon lit. Je commençai à donner des benedictions au charitable Hoſpitalier, & je priai dévotement Dieu, qu'il le récompenſât de ſa bonté ; mais je me hâtois trop. Le ſcelerat ayant vû que nous n'étions que des Voyageurs, referma bruſquement la porte qu'il avoit entr'ouverte, & nous congedia avec un, *on n'entre pas ici, paſſé ſept heures du ſoir.*

J'étois ſi étourdi de ce coup, que je ne pûs proferer un ſeul mot. Mais F A B R I- C I O, qui s'étoit déja remis de ſa ſurpriſe, l'accabla d'injures, & lui prodigua toutes les épithetes que ſon éloquent dépit put lui fournir. Nous quittâmes enſuite cette maiſon, & nous marchâmes pendant deux heures, ſans ſçavoir où nous allions, ni même où nous mettions le pied. Enfin, après avoir enfoncé cent fois dans des trous que la pluie avoit faits, & autant de fois heurté contre les arbres, ou tombé dans des ornieres, nous nous vîmes au pied d'une maiſon de Fermier,

Qui n'auroit juré que c'étoit là la fin de nos malheurs, & que nous allions passer dans cette Ferme une paisible nuit? Pour moi j'en fus si persuadé, à la vûe d'une échelle qui étoit auprès d'un Grenier à foin, que je ne pouvois me lasser de remercier Dieu, de nous avoir conduit à ce bienheureux azyle. Nous y montâmes donc sans bruit, nous ôtâmes nos habits, que la pluie avoit collés sur nous, & nous nous étendîmes sur le foin. J'avois à peine fermé les yeux, que je m'entendis appeller par mon nom. Je regarde, je n'apperçois rien ; je crus que c'étoit F A B R I C I O qui vouloit rire, & je me rendormis sans répondre. Un moment après, une voix basse, & que j'entendois à demi, repete encore le nom d'A N T O N I O ; je me leve, je m'approche de F A B R I C I O, & je lui demande ce qu'il me veut. Rien, dit-il, laisse-moi reposer, je suis accablé de sommeil.

En effet, il se mit à ronfler sur le champ de si bonne grace, que je crûs avoir rêvé qu'on me nommoit. Neanmoins ce n'étoit pas un songe ; car en me retournant, je vis à la fenêtre du Grenier un fantôme, qui grandissoit insensiblement, & qui me dit en s'approchant de moi. Tu as beau te cacher, ANTONIO, je te vois bien, & je t'ai entendu. En même temps il me saifit avec deux mains froides, & il m'appliqua un baiſer. Je ſerois mort de fraïeur, ſi je n'avois vû aûffi-tôt paroître une lumie-re, & le ſpectre s'enfoncer dans le foin. Mais je n'en fus pas quitte pour ſi peu, & la chandelle qui m'avoit délivré des vilaines careſſes de ce Revenant, me fit voir deux ſpectres plus terribles que le premier.

C'étoit deux Manans vigoureux, qui entrerent dans mon Grenier, & qui me chargerent de coups, en me repetant à chaque : Ah, je vous tiens donc, Signor ANTONIO. Après cela ils foüillerent dans la paille, & ils en tirerent une fille de quinze ans, qu'ils traiterent à peu près comme moi, à la reſerve qu'ils lui di-ſoient de temps en temps : Ah, Made-moiſelle LUCIA, c'eſt donc ainſi que vous attrapez votre pauvre Pere ; nous vous attrapons auſſi, comme vous voyez. Cela fait, ils revinrent à moi, ſans doute dans le deſſein de m'achever. Mais la peur que j'en eus, me rendit mes forces, & retirant ma tête du foin, je les ſup-pliai d'un ton lamentable de me pardon-ner,

Ces Manans tomberent de leur haut, en entendant ma voix. Quoi, me dit l'un d'eux, n'es-tu pas A N T O N I O, fils du Laboureur P E D R O L A ? Helas ! non, répondis-je, je suis un malheureux voyageur, qui ne le connus même jamais. Làdessus ils me firent toutes les excuses dont ils purent s'aviser, & ils me conterent, que ce garçon, pour qui j'avois été battu, avoit voulu débaucher L U C I A, qu'ils s'en étoient apperçus, & qu'ayant vû sortir cette fille toute nuë, ils s'étoient doutés de quelque rendez - vous, & avoient fait ce que je sçavois. Ils m'emmenerent ensuite dans leur maison, & après m'avoir frotté d'huile par tout le corps, & fait avaler un grand verre de vin, ils me coucherent dans leur lit, & ils allerent avec L U C I A dans une chambre voisine.

J'avois trop souffert de mal, pour faire autre chose que d'y penser ; aussi m'occupai-je tout le reste de la nuit à ce triste emploi, & mes réflexions ne furent interrompuës, que par les soupirs douloureux que je poussois. Cependant je m'assoupis à la pointe du jour, & je reposai jusqu'à neuf heures du matin, que F A B R I C I O vint me réveiller. Il avoit

dit aux Païfans qu'il étoit mon compagnon, & qu'il avoit couché à une lieuë
de là ; comme il s'étoit enveloppé dans un
tas de paille, & qu'ils ne l'avoient point
vû, il le leur avoit fait accroire aifément.
Il fe tourna enfuite vers moi, & il me
demanda d'un air badin, fi je n'étois pas
las de dormir, & fi je ne voulois pas me
lever ? Je lui répondis triftement, que
non, & que s'il avoit eu fa part du régal
qu'on m'avoit fait, il n'en auroit pas plus
d'envie que moi. Je lui contai tout en
même temps, pour mieux faire croire que
nous n'avions pas couché enfemble dans
le Grenier, & je priai mes Hôtes de lui
permettre de demeurer avec moi, jufqu'à
ce que je fuffe en état de marcher. Ces
bonnes gens qui jugeoient à nos habits,
de notre condition, & qui craignoient
que nos Parens ne leur fiffent de la peine,
furent ravis d'avoir une occafion de me
faire plaifir, & ils le reçurent avec joie
chez eux.

Nous voilà donc penfionnaires du
Fermier. Je paffois chez lui mon temps
affez bien. Il me donnoit des meilleurs
fromages qu'il faifoit : Je trouvois de
bons fruits dans fon Jardin : je me di-
vertiffois avec LUCIA, qui me regar-

doit d'affez bon œil, quoiqu'elle fe fût
mariée pendant notre féjour, avec PÉ-
DROLA ; enfin je ne croyois pas pouvoir être plus heureux. FABRICIO de
fon côté, n'étoit pas moins content que
moi. Il avoit fçû perfuader au Païfan,
que nous étions fils d'un noble Genois, &
que nous venions de Rome, où nous nous
étions engagés d'aller en pélerinage comme des pauvres. Il appuïoit tous fes difcours d'un air dévôt, qu'il contrefaifoit
à merveille, & il ne parloit à chaque inftant que des faints Lieux que nous àvions
vifités. De mon côté, je forgeois des
Hiftoires merveilleufes d'apparitions, de
forcieres, & de Châteaux habités par le
Diable, que je leur racontois auprès du
feu, & j'avois le plaifir de les voir fe
ferrer autour de moi, & gober toutes
mes fariboles avec avidité. Cela donnoit
à ce bon-homme tant de confideration
pour nous, qu'il eut toutes les peines du
monde à nous laiffer fortir de fa maifon.
Neanmoins il fallut qu'il s'y réfolût, &
au bout de quinze jours nous lui dîmes
adieu, en nous embraffant tendrement.

CHAP. VI.

Qui est une suite de l'Avanture du Grenier.

A Peine fûmes-nous éloignés de cette Métairie, que FABRICIO, qui
mouroit d'envie de me parler en secret,
commença à me faire de grands remercimens de mes bontés. Quelles bontés
donc, lui dis-je, quel plaisir t'ai-je fait ?
celui de recevoir des coups de bâton,
reprit-il, je ne puis t'exprimer la joie que
j'en ai. En verité, il faut avoüer que c'est
à faire à toi, & que peu d'hommes ont
autant de grace que toi à être rossés.
J'eus besoin d'être aussi patient que je le
suis avec mes amis, pour ne pas donner
un soufflet à FABRICIO ; mais je retins mon bras, & je me contentai de témoigner ma colere en des termes assez
vifs. Il écouta ce que je lui dis, d'un air
si mortifié, que je fus prêt de lui demander pardon d'avoir pris ses railleries en
mauvaise part, & que je me tûs. Mais le
drôle me trompoit par un sérieux affec-
té ; car il reprit aussi tôt la parole en ces

termes : Seigneur A N T O N I O, fi j'avois
prévû que vous vous fâcheriez, je me
ferois bien gardé de rire avec vous.
Maintenant que je connois votre humeur, je ne vous déclarerai point les
raifons que j'avois de me feliciter des
coups de bâton que vous avez eus. Je ne
vous découvrirai point qu'ils m'ont valû
vingt-huit piſtoles, & je ne vous en ferai point part, de peur que vous ne vous
fachiez encore contre moi. En achevant
ces mots, il fit briller vingt-huit belles
pieces d'or à mes yeux, & il les reſſerra
auſſi-tôt. Je te prie, lui dis-je, apprens-
moi d'où ce tréfor te vient ? Il avoit trop
d'impatience de m'en faire le conte, pour
me faire languir ; auſſi ne fe fit-il pas tirer
l'oreille long-temps, & voici ce qu'il
me raconta.

Environ un quart d'heure après mon
avanture du Grenier, F A B R I C I O qui
y étoit enfeveli dans le foin, entendit
quelqu'un qui appelloit L u C I A à voix
baſſe. Se doutant que c'étoit le fils de
P E D R O L A, il fe leva fur le champ,
prit fon épée, & répondit de la fenêtre :
montez vîte. Le jeune Païfan ne fe le fit
pas dire deux fois, & en deux ou trois
fauts il fe vit dans le Grenier. La pre-

miere chofe qu'il y fit, fut de donner
dix piftolles à FABRICIO, qu'il prenoit pour fa Maîtreffe, & la premiere
chofe que fit FABRICIO, fut de lui
porter l'épée à la gorge, & de le menacer de le tuer, s'il ne lui difoit ce qui
l'amenoit là. Vous pouvez juger de l'é-
tonnement de l'amoureux Avanturier. Il
fe jetta aux pieds de mon ami, qu'il prenoit pour quelque parent de LUCIA,
qui s'étoit mis en fentinelle pour l'attraper ; Il lui protefta qu'il étoit prêt d'é-
poufer cette fille ; que PEDROLA, qui
étoit fon pere, ne demanderoit pas mieux ;
& qu'il lui donneroit la meilleure partie
de fon bien. Il ajoûta à ces magnifiques
promeffes, des promeffes pour lui en
particulier : enfin il fit fi bien, qu'il auroit
appaifé le Pere même de LUCIA, s'il
s'y étoit pris de même avec lui. Eh bien,
dit FABRICIO, qui vouloit pouffer
l'Avanture jufquau bout ; je vous donne
la vie, mais fongez que, fi avant trois
jours, vous ne reparez pas l'honneur de
notre famille, cette épée la vangera de
votre témerité. Après ce beau difcours,
il fit defcendre le jeune PEDROLA, qui
trembloit de tous fes membres, & un
moment après il defcendit auffi, & en

attendant le jour, il alla se promener dans les champs.

Le lendemain il vint, comme j'ai déja dit, chez le Pere de L U C I A, & un mo-ment après lui, le vieux P E D R O L A effrayé de ce qui étoit arrivé à son fils, y entra, & fit la demande de cette fille pour lui. Le Fermier fut charmé de cet-te proposition, à laquelle il n'avoit ja-mais osé s'attendre, parce que P E D R O L A étoit fort riche, & en peu de jours le mariage fut conclu, & les Nôces faites chez notre hôte. F A B R I C I O ne s'ou-blia point en cette occasion, Il résolut de ne point perdre le present qu'on lui avoit promis; & sçachant qu'il ne pour-roit y réussir, si P E D R O L A découvroit qui il étoit, il chercha les moyens de le lui cacher, & il en vint à bout par cette ruse.

Il alla trouver notre hôte, & lui pro-posa en badinant, de le faire passer pour son cousin auprès de son gendre ; celui-ci fut enchanté d'être de moitié de cette finesse, & il y donna de tout son cœur, sans penétrer l'intention du scelerat. En un moment les voilà parens, comme s'ils lavoient été toute leur vie. Il appelle L U C I A, cousine, & P E D R O L A, cousin

gros comme le bras. Le beaupere avoit
des peines infinies à tenir son sérieux,
en voyant celui de FABRICIO; pour
moi je mourois d'envie de rire, & je ne
sçais comment je n'éclatois point.

Quand il se vit bien enchré dans la
famille, il ne crût point hazarder trop,
que de faire ressouvenir le jeune PE-
DROLA du Grenier : pour cela, il le
prit un jour qu'il le trouva à moitié yvre
au milieu des champs; il lui dit qu'il
avoit besoin d'argent pour une affaire,
qu'il le prioit de lui en donner, & il finit
en l'assurant qu'une douzaine de pistoles
lui suffiroient. PEDROLA n'avoit pas
tant bû, qu'il ne reconnut bien la voix
de ce terrible cousin, qui l'avoit obligé
par ses menaces d'épouser LUCIA; aussi ne
balança-t-il pas à le satisfaire, & il lui fit
present sur le champ de dix-huit pistoles.

Quoique cet argent nous vînt à propos, & que j'en eusse eu ma part, il y
avoit quelque chose dans le moyen que
l'on avoit employé pour l'obtenir, qui
me déplaisoit fort. Cependant je dissi-
mulai mes sentimens là-dessus; & je ca-
ressai de mon mieux l'adroit FABRICIO,
afin qu'il ne s'en apperçût point. Aprés
cela nous continuâmes notre route, &

nous arrivâmes au bout de douze jours à Genes.

CHAP. VII.

D. Antonio devient amoureux d'une Inconnuë, & il s'en trouve mal.

DEs que je fus dans cette Ville, j'oubliai la sage œconomie que j'avois si bien prêchée à FABRICIO, & je me mis dans la tête qu'il falloit faire une dépense qui pût nous faire connoître aux gens du Païs. Mon ami eut beau me sermoner à son tour, je n'écoutai point ses avis, & il fut obligé d'en passer par où je voulois. Je pris donc du linge fin & des bas de soie. J'achetai une épée fort propre, & je fis doubler mon pourpoint d'un assez beau taffetas couleur de rose. Pour mon chapeau, je le gardai, quoiqu'il fût à demi usé, & je crûs même qu'il étoit du bel air de le porter ainsi, & de le chifonner un peu. Quand j'eus fait cela, je songeai à prendre les manieres d'un Petit-Maître, dont je venois de revêtir l'habit, & je demeurai deux jours entiers à en copier les manieres devant un grand miroir, &

à repeter ma leçon devant FABRICIO, qui rioit à gorge déployée de mes grimaces.

J'avouë qu'il avoit raison, mais je ne sentois pas alors que j'étois une mauvaise copie d'un méchant original, & je m'imaginois que j'attacherois bien-tôt plus d'une belle à mon char. Je sortis donc le troisième jour de mon arrivée, & je fis mon entrée publique dans l'Eglise de l'Annonciade. J'avois amené FABRICIO avec moi, parce que je n'étois pas encore assez impudent, pour regarder d'un œil assuré les gens sages qui se mocquoient de moy, & pour morguer toutes les Dames. Mais avec ce secours je me croyois fort. Ainsi je passai cette premiere Messe à badiner d'un air indolent avec ma chaise, à rire assez haut, à lorgner & à me déancher de bonne grace. Le lendemain je retournai au même poste, débraillé comme le jour precedent, mes cheveux mal peignés & à demi poudrés, & le nez sali de tabac ; deux choses qui sont de l'essence des petits Maîtres, & que j'avois oubliées la premiere fois. Mais personne ne fit attention aux agrémens de ma figure, excepté quatre ou cinq vieux Ma-

giftrats, qui en foutirent, & que je trai-
tai en moi-même de Bourgeois , & je
perdis une femaine entiere à chercher
des conqueftes qui m'échapoient.

Le jour qui devoit me punir de mes
fottifes, arriva enfin. Une jeune perfonne que deux femmes accompagnoient,
vint fe placer dans l'Eglife à quelques
pas de moi. Jamais fille ne marcha mieux
que celle-là , & n'eût une taille plus fi-
ne , & des yeux plus vifs. J'en fus charmé dans le moment , mes airs de petit
Maître m'abandonnerent , & je ne pus
m'empêcher de jetter fur elle les plus
tendres regards. Mais ceux qu'elle jetta
fur moi en rougiflant , furent ce qui
acheva de m'enflammer. Je crus alors
qu'elle m'aimoit déja tout de bon , &
que je pouvois m'abandonner à de douces efperances. Cependant je n'en fis
point confidence à FABRICIO , dont je
redoutois les railleries mordantes , & je
penfai que je me pafferois bien de fes avis.

Ainfi mon premier foin fut de découvrir où elle demeuroit , & en fortant de
l'Eglife je fuivis fa litierre de loin jufques dans un Palais magnifique , où elle
defcendit. Je ne manquai point de m'informer à qui il appartenoit, Les voifins

me dirent que c'étoit à un D O R I A, &
que la Demoiselle en question étoit apparemment la Signora C L A R A sa fille.
Jugez si ma vanité fut satisfaite à demi,
& si je manquai de m'applaudir d'avoir
plû à une Dame de cette qualité! Cependant comme j'ignorois les moyens de
lui parler, je me contentai de retourner
tous les jours à l'Eglise, & de lui faire
lire ma passion dans mes yeux. Enfin,
un beau Dimanche à midi, j'en reçûs une
lettre par une vieille que je payai grasse-
ment, & je me vis prié de me trouver à
onze heures precises dans une petite
maison qu'elle m'indiquoit. La vieille
me dit qu'elle appartenoit à un domes-
tique de la maison des D O R I A, & que sa
Maîtresse l'avoit choisie pour m'y parler en seureté. Je pris tout ce recit pour
la verité même, & je fus à l'heure mar-
quée au rendez-vous.

Je frappay doucement à la porte, & la
vieille messagere vint me l'ouvrir d'un
air si triste, que je n'en présageai rien de
bon. Je ne me trompois pas ; car elle
m'apprit que la Signora D O R I A étoit
tombée malade, & qu'on desesperoit
déja de sa vie ; qu'elle me supplioit de lui
rendre sa lettre, si je l'avois encore, ou
de

de la brûler, & qu'elle me faifoit préfent d'un diamant, unique marque
qu'elle pouvoit m'accorder de fa tendreffe, dans l'état où elle fe voyoit. On
ne peut eftre plus affligé que je le fus. A
peine eus-je la force de répondre. Je remis triftement le billet à la porteufe de
cette nouvelle, & après en avoir reçû
le bijou, dont elle étoit chargée pour
moi, je lui donnai fix piftoles, & je la
priai de venir le lendemain à mon Auberge, m'apprendre comment ma Maîtreffe fe portoit. Elle me le promit, &
elle n'y manqua pas. Je la vis arriver le
lendemain les yeux pleins de larmes, &
m'annonça que la fille du Seigneur Do-
RIA étoit morte pendant la nuit.

Quoi que je duffe eftre préparé à cet
accident, par ce que j'avois appris la
veille, j'en fus accablé, & peu s'en falut
que la fievre ne me prit. FABRICIO qui
s'apperçut de mon changement, m'en
demanda la caufe. Je ne la lui diffimulai
point, & il n'oublia rien pour me confoler de la mort de la Signoria DORIA.
Je ne fçais fi le diamant que je lui-fis
voir, n'influa pas beaucoup fur les complimens qu'il me fit; car je remarquai
qu'il ne pouvoit fe laffer de le regarder;

D

& d'en vanter la beauté. Cependant je lui sçûs bon gré de son honnesteté, & je l'en remerciai de tout mon cœur.

Le jour suivant, mon ami qui vouloit dissiper mon humeur noire, me proposa d'aller nous promener au Faubourg de San Pietro. Il étoit neuf heures du soir, & la nuit étoit la plus belle du monde. Je le voulus bien, & nous partîmes ensemble. A peine y fûmes nous, qu'une personne faite comme celle dont je pleurois la mort, se presenta à ma vûë. Je crus d'abord que je me trompois, & malgré ma frayeur, je voulus la considerer de près. C'étoit elle-même, je fis un cri, & je tombai évanoui entre les bras de FABRICIO. Il fut embarrassé au dernier point; cependant il me traina comme il put dans une maison voisine; on me jetta de l'eau sur le visage, on me remua, enfin je revins, & je me vis dans une même chambre avec lui, & la vieille consolatrice de mes amours, qui étoit la Maîtresse du logis.

Ils me demanderent l'un & l'autre ce qui avoit pû me causer ce mal subit, & tandis que je le leur contois bonnement, le même spectre entra suivi de trois de ces hommes qu'on appelle en Italie des

Braves. Qu'à donc ce jeune homme, demanda aussi-tôt l'un d'eux ? il est bien pâle, s'est-il trouvé mal. Helas, répondit la vieille, le pauvre enfant est bien à plaindre ; car dans ce moment il a perdu l'esprit. Il étoit à la promenade, où il a vû la Signora TOMASELLI que vous venez de ramener. Il l'a pris pour l'ame de CLARA DORIA qui est morte depuis deux jours, & la peur qu'il en a euë, l'a mis dans l'état où vous le voyez.

Bien me prit de ce que cette apparition m'avoit causé une nouvelle foiblesse ; car j'aurois assurément puni la fausse vieille, & j'aurois attiré sur moi les formidables Braves qui l'auroient vangée. Mais heureusement mon évanouissement dura une grosse heure, & je me trouvai à mon Auberge, lors qu'il me quitta. Quand je me reveillai, FABRICIO persuadé que j'étois effectivement devenu fou, étoit à côté de mon lit, & il avoit les yeux attachés tristement sur les miens. Mon cher, lui dis-je aussi-tôt, je reconnois la pitié que je te fais, je t'en suis sincerement obligé ; mais fais moi encore un plaisir. Sortons de Genes, j'y suis trop malheureux ; faisons notre compte, & demain à huit heures, soyons

prefts à partir. FABRICIO fut ravi de ma
refolution, il m'embrassa tendrement,
& tout fut difposé pour notre départ prochain.

Le lendemain nous fûmes à peine dans
la ruë, que nous rencontrâmes une foule de gens qui crioient : la THOMASELLI
eft prife ; on a tué un homme chez elle,
cette nuit, & deux de fes Braves ont été
faifis. J'écoutai ces bruits avec peu d'attention : mais mon ami qui avoit entendu nommer cette femme le jour précédent, ne pût s'empêcher de s'informer
des paffans, qui elle étoit, & où elle demeuroit ? on lui apprit que c'étoit une
femme publique, & que fa maifon étoit
dans le Faubourg de San Pietro d'Arena.
Un inftant après nous la vîmes paffer
avec la vieille & les deux Spadaffins, en-
vironnée de Sbires, & on les fit entrer
à mes yeux dans la prifon. Ah mon cher
FABRICIO, m'écriai-je, j'ay été dupé.
Voilà celle qui a eu l'adreffe de me faire
accroire qu'elle étoit fille de DORIA.
Elle n'entra chez lui que pour me le perfuader, & apparemment elle y connoiffoit au plus quelque Page qu'elle alla
voir. Sans doute le Diamant que j'en ai
eu, ne vaut rien.

J'avois raifon de parler ainfi, car un Jouaillier auquel je le montrai fur le champ, ne m'en offrit qu'un écu. Mais il n'y avoit plus de moyen de reparer mon imprudence. Ainfi je perdis fix piftoles que cette intrigue feule m'avoit couté, & je fortis de Genes gueux comme un Auteur.

CHAPITRE VIII.

Ils vont chez un Curé qui les reçoit bien. La terrible avanture qui leur arrive chez lui.

QUand nous arrivâmes le foir à Chiavari, nous avions encore trois Ducats. Mais il y auroit eu de la folie à les dépenfer; ainfi nous prîmes le parti d'aller coucher chez un Curé. C'étoit un bon homme qui avoit été élevé à Rome dans le College Romain. Il avoit appris là à maudire certains Docteurs, qui commençoient à paroître alors, & il avoit fi bien profité des avis qu'il avoit reçûs, que peu de gens étoient auffi zelés Perfecuteurs de ces Meffieurs que lui. Au refte il étoit plein de probité; il avoit

beaucoup de politeſſe, & pour en faire
un homme achevé, il ne lui manquoit
que de la ſcience & du jugement.

Nous rencontrâmes heureuſement ſa
Gouvernante dans le Village ; elle vit
l'embarras où nous étions, & elle en fut
ſi touchée, qu'elle nous mena chez ſon
Maître, auquel elle nous recommanda.
Ceux qui ſçavent l'autorité ſouveraine,
que ces ſortes de ſervantes ont ſur l'eſprit de leurs Maîtres, croiront aiſément
que nous ne pouvions mieux tomber,
qu'entre les mains de celle-cy. Auſſi lui
fiſmes-nous plus de reverences qu'au Pâ-
tron, & nous lui promiſmes de nous ſouvenir éternellement du ſervice qu'elle
nous rendoit. Je ne ſçay ſi elle nous en
crut, mais je me ſouviens bien quelle
parla pour nous, comme ſi elle l'avoit
crû, & qu'elle obtint ce qu'elle ſouhai-
toit.

Le vieux Curé nous demanda qui nous
étions, & pourquoi nous étions ſortis
de chez nous ? FABRICIO lui répondit
que nous venions de Genes, & que nôs
parens nous envoyoient à Rome, mais
que nous avions été volés à deux liëuës
de Genes, & qu'on ne nous avoit laiſſé
que nos habits. Il le crut, il nous fit

mettre à table avec lui , où nous man-
geames largement , & enfuite il fe jetta
fur le chapitre de ces Sectaires , qu'il
y avoit alors en Italie. Le vin redou-
bloit le zele impetueux du bon Prêtre , & il declama contre eux avec tant
de vivacité , qu'il fut obligé de rafrai-
chir fa gorge d'un large coup d'Afprino
Bianco. Alors mon ami qui jugea qu'il
devoit parler , pour laiffer à notre Ora-
teur le temps de reprendre haleine , reprit le difcours , & fans connoître autrement que de nom , ceux dont il s'entretenoit , il foutint leur thefe docte-
ment , & il harangua un gros quart
d'heure à fon tour. Ah , Monfieur le
Curé , difoit-il , quelle abomination
que l'on fouffre dans le monde , de tels
Chrétiens ! Mais que dis-je ? de tels
Chrétiens. Je leur fais grace , ils ne font
point même des hommes. Ce font des
monftres odieux , des monftres produits
par l'enfer pour defoler l'Eglife. Mé-
prifer l'autorité venerable du trés Saint
Pere , faire un appel infolent à un Con-
cile univerfel , n'eft-ce pas imiter les
Calviniftes , & eftre déja auffi méchans
qu'eux ! Ah plût à Dieu que je puffe leur
faire reconnoître la verité , ou du moins

mourir en la leur enseignant ! Pendant
ces devotes exclamations, le Curé attendri pleuroit de joye; la Gouvernante
extasiée du profond sçavoir de mon ami,
l'interrompoit à chaque instant, pour
faire remarquer à son Maître la force
des argumens de FABRICIO, & je mourois d'envie de rire de l'effronterie, de
l'un & de la simplicité des autres. Enfin le
bon homme mit fin à ces pieuses fougues,
en nous presentant à chacun un verre de
Lacryma Christi, & la conversation
tomba insensiblement sur un autre sujet,
où FABRICIO brilla comme dans le premier.

Environ à onze heures, nous nous sepa-
râmes, & notre charitable conductrice
nous mena dans un appartement, où
elle nous avoit fait un fort bon lit.
Comme j'étois fatigué de la traite que
j'avois faite, je ne tardai pas à me coucher & à m'endormir, mais le diable qui
ne dort point, ne tarda pas à me réveiller. FABRICIO à trois heures du
matin, eut besoin de sortir de la chambre. A peine fut-il sur le pas de la porte,
qu'il entend un bruit sourd. Il écoute,
ces lugubres gemissemens continuent,
d'instant en instant de nouveaux cris se
joignent

joignent aux premiers, enfin la peur le saifit, & il rentre tremblant de frayeur dans le lit. Quoi qu'il s'y remit affez doucement, je l'entendis & en même temps j'entendis un murmure affreux qui glaça le fang dans mes veines. Qu'eft-ce là ? dis-je tout bas à FABRICIO. Je n'en fçais rien, me répondit-il d'une voix foible; mais je fuis confterné.

Cependant le Ciel qui avoit été ferein jufqu'alors, fe couvrit de nüages tout à coup, & il nous fembla que le jour fuyoit d'horreur, & reculoit fur fes pas. En même temps, il s'éleva un grand vent, & la pluye ne ceffa point de tomber jufqu'au matin. Cela acheva de troubler notre imagination, nous paffâmes cinq heures entieres dans des inquiétudes mortelles; la fueur couloit de tous nos membres, & nous ne pouvions fermer les yeux. Enfin la lumiere parut, le bruit ceffa auffi-tôt, & nous partîmes de l'appartement enchanté.

Mon Dieu! qu'avez-vous? mes chers enfans, nous dit la bonne Gouvernante, quand elle nous vit; Vous eftes pâles, vos yeux font rouges, auriez-vous mal repofé ? Helas, lui repondis-je, pouvions-nous mieux repofer, lorfque

E

toute notre Chambre résonnoit d'accens plaintifs, & que nous entendions autour de nous des voix épouvantables, qui parloient un langage inconnu ! effectivement nous avions oüi des voix, qui avoient redoublé notre peur, & les échos qui nous les renvoyoient, les rendoient plus terribles, & avoient empêché que nous les entendissions bien. La Gouvernante ne comprenoit rien à nos discours ; cependant, elle continua de nous interroger, & elle nous demanda d'où ce bruit venoit, & quand il avoit commencé ? FABRICIO répondit qu'il venoit de la fenêtre, & qu'il avoit commencé à trois heures. Jesus, reprit la vieille, n'est-ce que cela ? Eh ! mes pauvres enfans ; ce qui vous a épouvanté, est une douzaine de Moulins, qu'une riviere qui coule au pied de la maison fait aller. Tous les jours à trois heures les Meuniers se levent, & ils travaillent jusqu'à sept. Alors ils déjeunent, & ils se remettent à l'ouvrage à huit. Elle se mit ensuite à rire avec nous de notre plaisante frayeur, & elle nous fit boire en cachete d'un excellent vin Grec, que le Curé avoit reçû d'une de ses Devotes bien aimées.

Sur les dix heures, le bon Prêtre se leva aussi, & il vint nous trouver dans la cuisine où nous causions. Nous déjeunâmes avec lui sur nouveaux frais, & il nous dit adieu les larmes aux yeux. Mes enfans, nous dit-il, vous allez à Rome, vous y serez au milieu de ces nouveaux Sectaires dont nous parlions hier. Prenez garde à leurs Sophismes dangereux; mais sur tout défiez vous de leur extérieur mortifié. Si vous tombiez dans leurs pieges vous seriez perdus. FABRICIO ne le laissa pas achever, & il recommença avec lui une conversation sur les Hérétiques en question, qui lui valut quatre Jules. Nous partîmes ensuite en benissant sa maison, & nous prîmes la route de la Ville de Parme.

CHAP. IX.

Ils passent de mauvais jours & de pires nuits.

COmme nous avions mangé copieusement, & que notre introductrice avoit fourré dans nos poches tout ce qu'elle avoit pû trouver de meilleur, nous marchâmes gayement jufqu'au foir, & nous ne nous arrêtâmes qu'à la nuit dans le Village de Cafa. Nous étions trop contens du charitable Curé de Chiavari, pour ne pas aller chez celui de Cafa. Mais nous trouvâmes en celui-ci un homme rebarbatif & dur, en un mot un Prêtre payfan. Il nous demanda feichement pourquoi nous avions quitté nos parens; il nous traita de libertins, il nous menaça de nous faire enfermer, & il nous ferma fa porte comme à des voleurs. Rebutés ainfi par le Pafteur, nous attendions peu de charité du troupeau, & nous ne nous trompions point. Nous eûmes beau les conjurer au nom de toutes les Madones d'Italie, de nous donner le couvert, & les traiter de Signori, gros comme le bras, ils nous renvoyerent tous loger ailleurs. Le pis fut qu'un gros manant, auquel nous fifmes d'humbles fupplications de nous recevoir, crut, que des gens habillés auffi bien que nous n'avoient befoin de rien, & que nous nous moquions de lui.

Il ne fe fut pas plûtôt fourré dans la tête cette bizarre vifion, qu'il déchargea fur la mienne un grand coup de bâton qui me renverfa. FABRICIO tira l'é-

pée aussi-tôt, & fondit sur lui ; mais il
se vit en même temps repoussé par deux
autres paysans qui lui présenterent chacun une fourche. Pendant ce temps-là,
je me relevai, & je me joignis à mon
ami. Nous soutînmes ensemble l'effort de
ces Paysans, qui étoient d'abord au nombre de quatre, & après en avoir blessé
deux, nous prîmes la fuite dans la Campagne.

Nous fûmes heureux de ce que la nuit
nous cacha aux yeux de nos ennemis ;
car un quart d'heure après, nous les entendîmes venir sur nous au nombre de
vingt. Nous ne délibérâmes pas long-
temps sur le parti que nous prendrions,
& nous montâmes dans un arbre touffu,
qui étoit sur le bord du chemin, nous
y étions à peine, que leur avant-garde
passa à nos pieds. Elle fut bien tôt suivie du corps de l'armée, & un instant
après, des femmes & des enfans qui
composoient l'arriere-garde, marche-
rent sur les pas des premiers.

Dès que nous ne les ouïmes plus, nous
descendîmes du salutaire Chesne, &
nous gagnâmes au pié au travers des
champs. Enfin nous entrâmes dans une
forêt, & nous y demeurâmes jusqu'à la

poînte du jour. Que nous nous remîmes
en marche. Après avoir cheminé à grands
pas une matinée entiere, nous décou-
vrîmes deux hommes, le chapeau fiere-
ment enfoncé fur les yeux, & arméz
chacun d'un fufil, qui s'enfoncerent à
notre vûë dans un endroit épais du bois.
Quoique nous mouruffions de chagrin,
de laffitude & de faim, nous ne fentîmes plus nos maux, & la peur feule fit
impreffion fur nous. FABRICIO lui-même pâlit comme moi, & il fe prépara à
être au moins dépouillé ce jour-là.

Cependant nous avançâmes du côté
où nous les avions apperçûs, pour diffi-
muler notre frayeur, & me raffurant de
mon mieux, je leur demandai le chemin de Parme, je n'en fçai rien, reprit brufquement un d'eux, paffez feulement. Pour le coup je ne doutai plus
qu'ils ne fuffent ce que nous avions
foupçonné, & je me perfuadai qu'ils ne
nous avoient laiffé échapper, que parce
qu'ils attendoient de meilleur gibier
que nous. J'avois ôté civilement mon
chapeau pour leur parler, je le remis de
même, & fans regarder derriere nous,
nous delogeâmes doucement.

Nous n'en étions pas à foixante pas,

qu'un coup de fufil partit. Je ne ferai
point le glorieux ; j'en treffaillis de peur,
& je me mis à courir de toutes les forces qui me reftoient. Mais F A B R I C I O
m'arrêta, & il me fit voir que c'étoit un
Lievre, que l'on avoit tiré, & que ces
deux hommes étoient des Chaffeurs qui
étoient à l'affût.

La moindre chofe pique un homme
déja de mauvaife humeur : auffi la ridicule peur que j'avois eue, me caufa un
vrai chagrin ; & le dépit que j'en conçus
ne put être plus grand. Je commençai
enfuite à me rappeller ce que j'avois
fouffert la nuit precedente, le danger
auquel j'avois été expofé, ceux qui peut-
être nous attendoient encore, la faim
qui nous devoroit, & la fatigue dont
j'étois accablé. Il y avoit là dedans de
quoi m'abandonner au defefpoir, fi j'a-
vois été feul ; mais la prefence de F A-
B R I C I O me foutenoit, ou du moins elle
retenoit les larmes que j'étois près de
verfer. Enfin, nous arrivâmes dans un
endroit où le chemin fe partageoit en
trois.

Tandis que nous étions dans l'embarras de choifir, il s'éleva un brouillard
épais, dont nous fûmes environnés en
E iiij

un moment. Nous ne voyions pas à quatre pas de nous , & nous ne diftinguions
pas même des arbres affez gros. Il falut cependant hazarder de nous égarer ,
pour fortir de ce déteftable bois , &
juftement nous enfilâmes une route qui
Nous conduifit au milieu d'un endroit
où l'on avoit brûlé du charbon. Dieux ,
m'écriai-je alors tout haut , faut-il que
nous foyions malheureux jufqu'à ce
point , & que nous foyions condamnés
à perir dans cette forêt ; mais j'avois
beau pefter ; je ne pus même recouvrer
le fentier que nous avions fuivi jufques-
là , & nous nous enfonçâmes parmi les
brouffailles , au lieu de rentrer dans la
grande route.

Cependant, la nuit approchoit, fans
que le brouillard diminuât ; nous entendions de toutes parts les aboyemens
des chiens des payfans , & les mu-
giffemens des bœufs qui fortoient des
prés. Mais nous ne pouvions nous dégager , & nous ne faifions à force de
courir , que tourner continuellement.
A la fin , les forces & le courage nous
manquerent à tous deux , & je me jettai
au pied d'un arbre avec FABRICIO qui
n'en pouvoit plus. Depuis le Village de

Chiavari, nous n'avions rien mangé, le froid étoit picquant, nous avions été épuifés par le combat & l'infomnie de la nuit precedente. Jugez comment nous paffâmes celle-ci, & fi nous dormîmes d'un tranquille fommeil. Nous nous nous ferrions l'un contre l'autre, & nous nous entrelaffions les jambes comme des ferpens; de petites branches d'arbres, & des feuilles mouillées entaffées fur nous, couvroient nos pieds, & nous nous tenions embraffés, les yeux fur les yeux, & la bouche fur la bouche, comme pour nous rendre la vie mutuellement.

Enfin le jour parut, & à dix pas de nous nous apperçûmes le grand chemin que nous avions tant cherché, & des Payfannes qui alloient à la Foire de CAMPIANO. Deux d'entr'elles eurent pitié de nous, elles nous firent monter dans leur charette, & nous defcendîmes à un gros Cabaret du Bourg, où nous nous fîfmes donner à déjeuner.

Si nous n'eûmes jamais plus de befoin de manger, auffi n'y eûmes-nous jamais plus de plaifir; cependant nous nous ménageâmes, & après avoir bû fix ou fept coups de vin, & avalé un morceau de viande falée, nous nous fîmes donner un lit.

Si nous avions été moins fatigués, celui qu'on nous montra, nous auroit femblé dégoutant. Quelques douves de tonneau mal agencées en compofoient le chalit : deux bottes de paille échauffée, couvertes d'une toile épaiffe fervoient de lits de plumes & de matelats, & fur le tout, paroiffoit une couverture d'une groffe laine, & où jadis on avoit vû du poil, mais le temps qui n'épargne rien, l'avoit confumée, & l'on n'y voyoit plus que des ficelles, qui me la firent d'abord prendre pour un filet de Pefcheur. Le pis étoit qu'un nombre prodigieux de certains infeces noirs, & qui font des marques rouges fur la peau, faifoient là, leur ordinaire fejour. Quel lit pour des jeunes gens comme nous ! cependant la laffitude nous le fit trouver bon, & nous nous y mîmes FABRICIO & moi.

CHAP. X.

Où l'on verra des choses imprévuës.

NOus ne fûmes pas plûtôt couchés ; que les douces fumées de la viande & du vin, qui nous montoient au cerveau, nous procurerent un délicieux repos, & il y avoit déja dix heures que nous étions endormis, lorsque nous nous reveillâmes pour manger.

On nous presenta un morceau de bœuf exquis, que des Payfans qui fortoient de l'Auberge avoient laiffé entier, & nous nous jettâmes deffus avec une gloutonne avidité. Mais on ne nous laiffa pas le temps d'achever cet agréable repas, & un foufflet qu'une groffe main laiffa tomber pefammeht fur ma jouë, m'en ôta l'envie. Sur le champ je mis la main à la garde de mon épée ; mais on me faifit l'une & l'autre : deux vigoureux coquins me lierent, & quelques autres rendirent le même fervice à FABRICIO, après lui avoir arraché l'épée, & l'avoir moulu de coups.

On nous fourra enfuite dans un vi-

lain trou, où des archers vinrent nous
faisir, & nous fûmes conduits par ces
honnêtes Messieurs dans la prison du
Bourg.

J'étois si troublé de cette algarade
imprévuë, que je demeurai immobile
deux heures entieres. Enfin je revins à
moi, & j'apperçûs l'infortuné FABRI-
CIO, que les coups avoient reduit au
même état où mon étonnement m'avoit
mis. Mon cher ami, lui dis-je, en quel
endroit sommes nous ? qu'avons-nous
fait, pour être traités ainsi ? dequoi
nous accuse-t-on ? Helas ! me dit-il d'u-
ne voix foible, je ne sçai; je sçais seulement que je suis bien malheureux. Je
voulus ajoûter que j'étois au desespoir
de l'avoir fait sortir de chez MAZZIERE,
& que je m'imputois ce qui lui arrivoit;
mais il me ferma genereusement la bouche, & il me répondit qu'il l'auroit fait
sans moi, qu'il étoit le plus âgé de nous
deux, & qu'il auroit dû être le plus sage, & me détourner moi-même de mon
dessein; qu'il ne l'avoit point fait, &
qu'il s'en voudroit un mal éternel.

En achevant ces mots, il m'embrassa,
& le sang qu'il avoit perdu le fit tomber
dans une foiblesse, dont il eut beaucoup

de peine à revenir. Je ne puis vous exprimer la douleur que ces accidens me cau-
ferent, Je ne me poffedois pas. Tantôt
j'étois furieux, & le regret que j'avois
d'avoir engagé mon ami, me portoit à
de funeftes refolutions. Tantôt je tombois dans une rêverie ftupide, & fans le
vouloir, les larmes couloient de mes
yeux. Heureufement FABRICIO pendant ce temps-là, reprit fes fens, & il me
fuggera ce que je repondrois aux Juges,
fi c'étoit les payfans de CASA, qui nous
avoient fait arrêter; car on vint le querir une demie heure après pour le pan-
fer, & je ne le revis plus. Pour moi qui
n'avois point befoin de Chirurgien, on
me donna pour fouper deux onces de pain
noir avec un pot d'eau claire, & on me
fit remarquer des brins de paille hachés
par les rats, où l'on me confeilla de me
coucher.

Le lendemain, j'entendis fur les huit
heures l'abboyement affreux d'un gros
chien qui venoit à mon cachot, & qui
en faifoit retentir les voûtes. Un inftant après, j'ouis le bruit aigu, que cinq
ou fix clefs faifoient dans autant de fer-
rures en les ouvrant. C'étoit le Geollier qui venoit m'avertir, que les Juges

m'attendoient. Je montai avec lui , & il
me mena dans une chambre où ces vene-
rables Aréopagites de village m'attendoient impatiemment , & triomphoient
d'avoir occasion de condamner un homme à la mort, une fois en leur vie. On
me fit asseoir sur une sellette, & on me
laissa pendant un moment considerer
l'air glacé des uns , la mine refrognée
des autres, & l'immobilité de tous.

Enfin, une de ces serieuses statuës,
ouvrit gravement la bouche , & me demanda d'un ton posé, qui j'étois ? si j'a-
vois blessé des Paysans à CASA, &
pourquoi je l'avois fait ? Quoique la
mine de ces rustiques Magistrats m'eût
interdit , je répondis les même choses
que FABRICIO avoit concertées avec
moi, & ils ne purent me faire varier.
Alors celui qui m'avoit interrogé , me
dit avec un ris mocqueur , retournez
au cachot, mon ami ; une autre fois vous
chanterez sur un autre ton. Il y a des
moyens de vous en faire changer.

Comme je n'avois aucune experience
des affaires du monde, & que sur tout ,
j'ignorois le train de la Justice , ces
derniers mots me frapperent vivement ;
& pendant huit jours entiers qu'on me

laiſſa ſeul , je ne rêvai qu'aux tortures
que je me figurai qu'on me préparoit.
Au bout d'une ſemaine on vint me chercher encore , & je fus preſenté au Bail-
ly. A peine fus-je aſſis ſur la ſellette ,
qu'un tremblement univerſel me prit :
une ſueur froide ſe répandit ſur tous mes
membres , enfin , je crûs qu'on alloit me
mettre à la queſtion , & la frayeur que
j'en eus , me fit perdre le ſentiment , &
rouler aux pieds des Juges.

Quand je fus revenu à moi , je me
vis dans l'infirmerie de FABRICIO , où
l'on m'avoit tranſporté. L'émotion que
me cauſa la joye de revoir ce malheureux ami , & celle que j'avois euë déja ,
me donnerent une fievre violente , &
je fus mis au lit. Toute la journée & les
deux jours ſuivans , mon mal augmenta ,
& le troiſiéme j'appris que l'on deſeſpe-
roit de ma vie.

Ma ſituation me paroiſſoit ſi affreu-
ſe , que cette nouvelle me combla de
joye. Je dis à dieu à FABRICIO , je lui
demandai pardon d'avoir été la cauſe innocente de ſon déſaſtre , & je me pré-
parai enſuite à mourir chrétiennement.
Auſſi-tôt un Moine ſe preſenta pour
écouter ma confeſſion ; mais un tranſ-

port au cerveau qui dura douze heures,
m'empêcha de la faire , & il se retira.
Le lendemain je fus un peu mieux, &
j'apperçûs auprés de mon lit FABRICIO
pâle, foible, & qui cependant sembloit
ne sentir, que ce que je souffrois. Mon
cher ami, lui dis je ; je comptois que la
mort alloit me délivrer de mes maux.
Mais telle est la rigueur de mon sort,
que je ne puis même mourir. Sans doute
je suis reservé à un supplice infâme. Si
cela arrive, quelle tache pour ma famille , & quel desespoir pour moy ! hélas ! Dieu n'a gueres tardé à punir la
faute que j'ay faite, de me soustraire à
l'autorité de mes parens.

FABRICIO me rassura par des protestations , que nous ne courions aucun
danger , & il me conta que moyennant
un ducat, le Geolier lui avoit dit, que nos
affaires étoient bonnes , que les Manans blessés se portoient bien , & qu'ils
ne nous poursuivoient plus , faute d'argent. Il ajoûta qu'une personne sollici-
roit pour nous , & que dans quelque
temps , rien ne nous empêcheroit de
sortir, quoique nous eussions été accu-
sés par ceux de CASA, d'être des voleurs, qui sous pretexte de pauvreté,
s'introduisoient

s'introduisoient dans les maisons. Je reconnus dans ce trait là, la malice sournoise des vindicatifs paysans, je tremblai du peril où nous nous étions vûs, & je remerciai le Ciel de nous en avoir tirés.

Cependant ma santé se rétablit insensiblement, & les blessures de FABRICIO se guérirent à la fin. Durant trois semaines on ne nous parla point de rentrer au cachot, & nous joüissions d'une demi-liberté ; mais un beau matin le Geollier vint nous intimer l'ordre de descendre en bas, & nous fûmes renfermés pour la seconde fois dans ce tenebreux manoir. Il est difficile de bien dépeindre notre étonnement ; & le morne silence que nous gardâmes FABRICIO & moi, l'exprima mieux que tout ce que je dirois, ne le feroit.

CHAP. XI.

Ils sont delivrés d'une maniere inopinée.

ENviron à midi, notre Concierge vint nous chercher, & il nous dit d'un air triste, qu'il faloit que nous montassions en haut, & qu'une personne que nous ne soupçonnions point, avoit tout changé. Ce discours me rappella les vingt pistoles du fils de PEDROLA; je m'imaginai qu'il auroit pû apprendre notre emprisonnement, & je me crus perdu. Néanmoins je suivis mon conducteur avec FABRICIO, & j'arrivai au haut de l'escalier, pâle, tremblant, & défait comme un criminel qui marche au supplice.

Dès que je fus dans la chambre du Geôllier, je vis le Moine qui étoit venu me confesser, & un jeune homme que je ne connoissois pas. Ils se jetterent l'un & l'autre à mon col, & ils me dirent que j'étois libre, que FABRICIO l'étoit aussi, & que nous les suivissions. Les mouvemens que je sentis à cette nouvelle imprévue, font au-deffus des expreffions. J'étois faifi, je n'entendois qu'à moitié ce qu'on me difoit, je ne voyois rien, & je pouvois à peine me foutenir & parler. Le charitable Moine qui s'en apperçût, me fit donner fur le champ un verre de vin grec: nous entrâmes enfuite tous quatre dans un Caroffe qui nous attendoit à la porte; & le Geolier que nos Liberateurs avoient bien payé, nous dit adieu en pleurant.

Lorfque nous fûmes fortis du maudit Village de CAMPIANO, on fit figne au Cocher d'aller lentement, & le jeune homme m'addreffa la parole, pour me demander fi je connoiffois DON NICOLO FIABELLI. Oüi, lui dis je, je le reconnois maintenant; c'eft à fa generofité que je dois la liberté; permettez que je lui témoigne ma vive reconnoiffance. Non, dit-il, en me ferrant dans fes bras; il n'eft pas encore temps. Sçachez avant cela ce que j'ai fait pour vous.

Vous vous fouvenez, continua-t'il, que vous fûtes pris le jour d'une Foire fameufe à CAMPIANO. J'y étois venu avec un de mes amis, & je m'y promenois, lorfqu'on vous conduifoit en pri-

fon. La curiofité me fit approcher des
Archers, & le rang que je tiens ici les
fit écarter. Vous étiez, l'un & l'autre
évanouis, cependant je crus reconnoître mon cher ANTONIO, & j'allai à
votre Auberge pour fçavoir fi je me
trompois ; mais on ne put m'inftruire de
rien, & j'appris feulement qu'à votre
langage vous paroiffiez être de ROME.
Peu de jours après, ce venerable Religieux que vous voyez, fut invité par
vos Juges à aller confoler votre ami. Je
le fçus, & je le priai de s'informer de
lui, fi vous n'étiez pas celui qui m'avoit
rendu autrefois un fervice important.
Je lui racontai là-deffus une hiftoire
que vous avez peut-être oubliée, &
que je n'oublierai jamais. La voici.

» Il y avoit trois ans que j'étois chez
» FRANCISCO. Je n'étudiois point, je
» me diftinguois feulement par des tours
» d'Ecolier, & l'on faifoit des plaintes
» continuelles de moi. A la fin, mon
» pere fatigué de ma legereté, jura de me
» faire enfermer pour toûjours, fi je ne
» me corrigeois pas, & il ajoûta que fi
» je n'avois pas un prix, je m'attendiffe
» à l'execution de fes menaces ; Je ne
» fçai fi elles étoient ferieufes, mais

j'en fus étourdi comme si elles l'a- «
voient été. Le jour que nous devions «
tous composer pour les prix, je vous «
expofai ma peine en pleurant. Vous «
en eûtes pitié, & vous me donnâtes, «
ce que vous aviez fait pour vous. J'eûs «
le premier prix, & vous eûtes le «
fouet pour n'avoir eu que le fecond. «
Quoique ce troc m'eût valut dix pif- «
toles dont mon pere me fit prefent, je «
fus fâché de ce qu'il vous avoit couté «
fi cher; je vous en temoignai ma dou- «
leur, & vous me répondîtes que vous «
étiez affez content, puifque je l'étois «
& que jamais le châtiment ne vous «
avoit fait fi peu de peine. Depuis, j'ai «
toujours eu cette action genereufe «
dans l'efprit, & quoiqu'elle eut paru «
peu de chofe à un autre, je ne crois «
pas l'avoir trop payée par la maniere «
dont je vous ai fervi.

Je rapportai ainfi la chofe au R. P.
il la redit de même à votre ami, en
changeant feulement les noms, & il
jugea par la réponfe qu'il en reçût,
qu'une même avanture étoit arrivée à
fon compagnon de prifon, que je ne me
trompois pas. Il vint me l'apprendre, &
fur le champ j'allai trouver ma mere.

qui m'aime tendrement, & je l'engageai
à folliciter pour vous. L'argent que votre partie donnoit, balança fon crédit;
mais heureufement la bourfe de vos
perfecuteurs s'épuifa. Alors ma mere
obtint la permiffion de voir les pieces de
votre procés, & elle eut le plaifir de s'appercevoir en les lifant, qu'elle s'employoit pour des gens, dont l'innocence méritoit fes foins. Cette découverte
l'anima à vous proteger; elle retourna
chez les Juges, pria, menaça, preffa;
enfin elle a eu votre élargiffement hier
au foir, & elle m'a envoyé vous l'annoncer.

Au refte, vous me pardonnerez le
petit tour que je vous ai joüé ce matin.
Dès que j'ai efté à votre prifon, j'ai eu
la malice de vous faire enfoncer dans
un cachot, & je me fuis fait un plaifir
de vous caufer ainfi une delicieufe furprife. Cependant fi vous en êtes encore
fâché, voilà le Reverend Pere qui priera
pour moi. Ce qu'il a fait dans cette occafion, vaut bien que vous lui accordiez
ma grace.

J'embraffai en riant DON NICOLO,
& je remerciai le Religieux. FABRICIO
leur marqua fa reconnoiffance à fon

tour, & nous employâmes le reste du chemin à nous interroger mutuellement,
sur ce qui nous étoit arrivé, depuis
que nous étions sortis de chez FRAN-
CISCO.

Nous descendîmes à l'entrée de la
nuit à NUBIANO, où nous allions, &
nous trouvâmes Dona THERESIA mere
de Don NICOLO, qui nous y attendoit.
Nous fûmes reçûs de cette illustre Dame avec ses démonstrations d'une joye
sincere, & elle nous donna à notre arrivée des marques d'une tendresse ma-
ternelle. Aprés, cela elle nous obligea
de nous réposer chez elle pendant huit
jours ; & elle employa tout ce temps, à
écrire à nos parens, pour les appaiser,
& à nous donner de sages instructions.
Enfin, quand elle nous jugea en état de
sortir, elle nous fit prendre de l'argent
pour retourner à ROME ; son fils nous fit
present de deux chevaux qu'il équippa
magnifiquement, & nous nous separâ-
mes en nous jurant une amitié éternelle. Dés la pointe du jour suivant, nous
prîmes la route de ROME, resolus d'y
retourner, & de rentrer dans notre devoir. Mais la Providence s'y opposa, &
j'étois destiné à souffrir de nouveaux
maux.

CHAP. XII.

Où l'on ne voit rien qui ne soit vrai.

ETant à quatre journées de cette
Ville, nous apperçûmes six soldats
le fusil sur l'épaule qui sortoient d'un
Bois, & qui venoient à nous. Leur mine
scelerate m'annonçoit notre disgrace,
& je conseillois à FABRICIO de retourner sur nos pas, lorsqu'un de la bande
en me couchant en joüe me cria de demeurer. En même temps ils s'approcherent de nous, & ils saisirent la bride de
nos chevaux. Alors, celui qui m'avoit
fait le signe dont je viens de parler,
m'adressa ce compliment, qu'il pronon-
» ça d'un ton doux. Mon jeune Sei-
» gneur, ne craignez rien de moi, mon
» dessein n'est point de vous nuire; mais
» je voudrois seulement que vous m'ai-
» dassiez à gagner une soixantaine de
» pistoles. Cela vous est aisé, vôtre cons-
» cience même vous y oblige, car je suis
» un pauvre diable, & si vous me refu-
» siez, je perdrois le respect que je conser-
» encore pour vous. Ainsi croyez mon
avis,

avis, faites-moi de bonne grace ce «
petit plaisir. Hé! de quoi s'agit-il? «
lui dit F A B R I C I O d'un air chagrin. «
Expediez-donc. Ah tout doux, mon «
grand ami, lui dit le Coquin d'un «
ton railleur, je ne vous parle point, «
je parle à ce Monsieur, qui sçait «
mieux vivre que vous, & qui ne fait «
point le mauvais. Tenez, ajoûta-t'il en «
se retournant de mon côté, j'ai parié «
un repas avec ces Messieurs qui me «
font l'honneur de me souffrir dans leur «
compagnie, que j'aurois vos chevaux, «
vos habits & votre argent aujourd'hui. «
Voyez si vous voulez me faire perdre «
mon pari, & prenez votre parti prom- «
ptement,

Il n'y en avoit qu'un à embrasser,
c'étoit de laisser faire ces marauts, je
le pris, ils me dépouillerent sur le champ
avec une vitesse merveilleuse, & le
tour de F A B R I C I O vint après le mien.
Maintenant vous auriez froid, me dit
un de mes valets de chambre, si nous
vous renvoyions tous nus. Aussi n'avons-
nous garde de traiter si mal de Jolis Cavaliers comme vous, & voici des sacs
dont vous pourrez vous servir, au lieu
des habits que nous garderons. Adieu,

G

Les drôles rentrerent à l'instant dans le
bois avec leur prise, & nous reprîmes
tristement la route du village où nous
avions dîné.

Nôtre Hôte ne nous traita pas comme nous avions apprehendé, & il prit ve-
ritablement part à notre malheur. Messieurs, nous dit-il, passez dans ma maison deux jours encore. Il doit venir ici
un de mes freres, qui est Religieux de
l'Ordre du Montcassin. Ce sont de sain-
tes gens. Il s'interessera pour vous. Je
l'en prierai instamment, & quand il seroit capable de n'avoir point d'egard à
mes prieres, vôtre sort & votre phy-
sionomie le toucheront.

Après avoir dit cela, il alla nous chercher des habits qu'on lui avoit donnés
en gage, il nous en revêtit charitable-
ment. Dès le soir même son frere parut
chez lui, & le bon-homme lui fit un
recit touchant de notre méchef. Celui-
cy en parut attendri, & il vint dans
la chambre où nous étions, nous demander qui étoient nos parens.

Je ne sçais quelle ridicule crainte de
la colere où ils seroient, nous avoit
saisis tout d'un coup FABRICIO &
moi. Quoiqu'il en soit, au lieu de

répondre la verité , nous forgeâmes un Roman impromptu , & nous dîmes que nous étions de Genes , que notre Pere étant mort avec peu d'argent, nous l'avions pris sur nous , & que nous allions à Rome chercher une condition , lorsque nous avions été arrêtez par les bandits. Je vous plains sincerement, nous dit le bon Moine , & je suis fâché de ne pouvoir vous procurer la place que vous attendiez. Cependant je pourrai vous en faire obtenir une autre, si vous la voulez recevoir. Nous avons dans l'Abbaye de Florence une Bibliotheque ; vous y entrerez, vous aurez soin des Livres sous ma direction , & vous les montrerez aux Etrangers. En un mot, vous serez garçons de Bibliotheque , & j'aurai soin de vous avancer. Voyez si vous vous accommodez de ce parti.

Quand nous entendîmes ce discours, nous regardâmes ce Religieux comme un Ange du Ciel , & nous nous hâtames d'accepter sa proposition. Au bout de huit jours il nous emmena avec lui,& il nous fit agréer du Superieur de la Maison. Enfin nous fûmes installés.

CHAP. XIII.

Antonio parle de la vie qu'il menne,
& il délivre Fulvio.

JE m'estimai alors bienheureux. J'aimois les Livres, j'en avois, je me sentois de la disposition aux Sciences, je
m'imaginois que mes Maîtres seroient
ravis de la cultiver : je ne désesperois
pas même qu'ils ne fussent un jour bien
aises de me donner l'Habit, & je me figurois un bonheur parfait à le porter.
FABRICIO ne pensoit pas comme moi,
& les manieres gênées d'un Monastere,
ne convenoient pas à son humeur. Cependant il faisoit de necessité vertu, il
ne me disoit rien de ses dégoûts, & je
ne songeois pas seulement qu'il pût en
avoir aucuns. Mais ce que je vis de mes
propres yeux, détruisit bien-tôt l'idée
chimerique, que je m'étois formée de la
douceur & de la tranquillité des Con-
vents,

La discorde, tres frequente dans les
Sociétés, faisoit son séjour ordinaire
parmi ceux que je servois. Je remarquois

entre eux une défiance mutuelle. Ils
haïssoient tous leur Abbé, ou le craignoient, ou le méprisoient. L'Abbé à
son tour n'en appuïoit certains, que pour
en être lui-même appuïé, & il n'en lais-
soit quelques-uns en repos, que de peur
qu'ils ne troublassent le sien. Au reste,
ils s'accabloient de civilités réciproques
dans les Compagnies, d'injures grossie-
res dans leurs Chapitres, & de railleries
piquantes, quand ils le pouvoient faire
avec des amis secrets. Ce qui arrive
dans les Guerres Civiles, on le voyoit
en raccourci parmi eux. Les Grands en-
gagent la Populace crédule à se revolter,
& elle les soûtient. Ceux-là profitent
des dangers où s'expose celle-ci, & celle-
ci expie les fautes de ceux-là. Dans
l'Abbaye, les vieux étoient les Grands,
& les jeunes la Populace. On ne négli-
geoit pas même l'amitié des Domestiques, & chaque parti tâchoit de les
prévenir en sa faveur, de les gagner par
des carresses, & de les faire enrager,
s'ils ne se declaroient pas pour lui.

Ainsi je ne pûs ignorer long-temps ce
qui se passoit dans l'interieur de la Maison, & je ne pûs le sçavoir, sans me
repentir d'y être entré. Il falloit pour-

tant y demeûrer faute de mieux , entendre chaque jour les sollicitations des
differens partis , écouter les plaintes des
mécontens , & être tour à tour , l'objet
de la haine de tous ; en un mot , se faire
à l'intrigue & à la tracasserie. Ce n'é-
toit pas tout. J'avois à vivre avec des
hommes capricieux comme des femmes,
& ce qu'ils m'avoient fait faire le matin, ils le trouvoient mal le soir. Enfin ,
j'avois trente ou quarante Maîtres au
lieu d'un , & ils ne sembloient s'accorder entre eux , qu'à me faire enrager
par des ordres opposés.

A la fin je perdis patience, & F A-
B R I C I O , qui l'avoit perduë il y avoit
plus d'un an , en fut ravi. Hé bien, me
dit-il, es-tu bien content maintenant ?
& penses-tu encore qu'on s'épargne bien
des chagrins & des crimes, en demeurant
ici ? j'avouë que je le croyois., & que je
t'en ai parlé en ces termes, lui dis-je, mais
l'experience m'a détrompé, & je voudrois être bien loin d'ici. Mais que fe-
rions-nous ? si nous sortions Gueu-
serions-nous ? il vaut mieux encore
souffrir un peu ; peut-être il nous viendra mieux. A N T O N I O , me dit-il, as tu
du cœur ? Comme un Paladin , lui ré-

pondis je. Si cela eſt, dit FABRICIO,
montres le. Tu connois Don FULVIO,
tu m'as dit même que tu l'aimois, & je
t'ai entendu cent fois vanter ſa droiture,
& la bonté de ſon cœur. Tu ſçais encore
qu'il a fait profeſſion ici malgré lui, que
ſes freres en ſont ravis, que les Moines
enrichis par ſa dot en ſont charmés, &
qu'il en enrage tout bas. Sçaches à preſent qu'il veut ſe ſauver, qu'il a beſoin
de notre ſecours, & que l'argent qu'une
certaine perſonne lui prodigue en ſecret,
il nous le prodiguera, ſi nous l'aidons.
Le cœur t'en dit-il ? Vois, & rends moi
réponſe demain, Mais point de cauſerie
ſur tout, & encore moins de délicateſſe
ridicule.

Il faut avoüer que d'être comme nous
étions, durcit furieuſement la conſcience. Avant l'experience que j'en fis, la
propoſition m'auroit effarouché, & elle
ne me cauſa pas l'ombre d'un leger
ſcrupule; bien loin de-là, je promis à
FABRICIO le ſecret qu'il exigeoit de
moi, & le lendemain, je l'aſſurai d'être
de moitié avec lui de l'expedition. Il
m'embraſſa, & il alla porter cette agréable nouvelle à Don FULVIO, avec lequel il diſpoſa tout pour ſon départ pro-

chain. Pour moi, j'allai demander de l'argent & mon congé, & j'eus affez de peine à obtenir le fecond, parce qu'on fe trouvoit peu en état de me donner le premier, que je voulois abfolument avoir. Je l'eus pourtant, FABRICIO l'eut auffi, & nous fîmes tranquillement notre pacquet, ou plûtôt celui de FULVIO, car c'étoit eff. ctivement le fien. Le foir venu, FABRICIO qui étoit chargé d'avoir des chevaux pour nous trois, fortit de la maifon, & il me laiffa le foin de féculariser FULVIO. Je m'en acquittai affez bien, & je mis mon homme en liberté, à la faveur de la nuit & d'un habit féculier que je lui donnai.

Il ne me manquoit plus, que de ne point trouver de mauvaifes rencontres en chemin, & malheureufement nous en trouvâmes. C'étoit le Sous-Prieur, qui revenoit alors au logis, & qui voulut me dire adieu. Il me tint pendant un gros quart d'heure dans la rue, & je ne fçais comment il ne reconnut pas la figure qui étoit avec moi, ou comment il ne s'apperçût point de l'inquiétude, où il me mettoit. Enfin, après avoir été donné au diable folemnellement par mon Compagnon & moi, il nous quitta en m'embraffant, & par amitié pour moi, il embraffa auffi FULVIO qui trembloit de belle peur.

A cinquante pas de là, nous vîmes FABRICIO qui venoit au devant de nous, & qui ne fçavoit que penfer de ce que nous demeurions fi tard. Dans l'inftant, nous montâmes à cheval avec lui, & nous coûrumes fans defcendre & fans parler, jufqu'au l'endemain midi. Nous nous arrêtâmes alors au Cabaret de Neptuno, nous y bûmes deux bouteilles à la hâte, & nous nous mîmes au lit. Nous repartîmes deux heures après, & au Soleil couché, nous entrâmes dans une Hôtellerie, où FULVIO nous dit que nous coucherions.

CHAP. XIV.

*Adreßé de l'Hôte, valeur d'Antonio,
& ce qui s'enfuit.*

DES que nous fûmes dans notre appartement, une Demoiselle d'une beauté éclatante, fuivie d'une unique Compagne, vint recevoir Fulvio. Comme il paroiffoit interdit, & qu'elle avoit les larmes aux yeux, nous jugeâmes Fabricio & moi, qu'ils devoient avoir des chofes particulieres à fe dire. Ainfi nous prîmes le parti de les laiffer feuls, & nous allâmes donner des ordres en bas.

Une heure après, on nous appella, & nous nous mîmes tous cinq à table, c'eft-à-dire la Dame inconnuë, celle qu'elle avoit amenée, Fulvio & nous deux. Nous foupâmes plus magnifiquement, qu'on ne fait d'ordinaire dans une Auberge de Village, & plus gayement, que nous ne l'avions efperé des minois triftes que nous avions vûs en entrant. Sur la fin du repas, l'Hôte monta en bot-

te dans notre appartement, & il apporta
un habit superbe, qu'il déplia devant
nous. Pendant que nous l'admirions
tous, il s'addressa â FULVIO, & il lui
demanda ce que cela pouvoit lui coûter ?
près de deux cens pistoles, dit FULVIO.
Que cela, dit l'Hôte ! il s'en est peu falu
qu'il ne m'ait couté bien plus. A une
lieuë d'ici, j'ai entendu sept Cavaliers
dont un étoit masqué, qui marchoient
au grand galop à mes trousses. Un d'eux
m'a crié de loin de demeurer. Quelque
sot. J'étois aussi bien monté qu'eux, &
j'avois pris les devants. J'ai picqué mon
cheval bravement, & en tournoyant
toûjours d'arbre en arbre, j'ai évité les
balles de leurs fusils, & j'en ai été quitte pour entendre à mes oreilles leur dé-
sagréable sifflement. Que je meure, si je
n'aimerois mieux oüir celui de tous les
serpens de l'Afrique, que celui de ces
globes meurtriers. Mon cheval qui n'y
étoit pas fait plus que moi, se cabroit,
& je pouvois à peine le gouverner. Heu-
reusément ce voleur masqué, que je
vous ai dit, leur à crié qu'ils me lais-
sassent-là, & me voici.

Nous rîmes tous de l'avanture du Seigneur Hôtellier, & FULVIO lui fit un

préfent, pour le payer de la peine qu'il avoit euë, & de la frayeur que lui avoient faite les bandits. En même temps un Caroffe arriva à la porte de l'Auberge, & la Dame à qui il étoit, voulut nous dire adieu ; mais nous la forçâmes de fouffrir que nous l'efcortaffions à cheval, & bien lui en prît.

A une petite demi lieuë du Village dont nous venions, les fept Cavaliers que l'Hôte avoit rencontrés, parurent le piftolet à la main, à cinquante pas de nous. Je les apperçûs le premier, & je dis au Cocher d'avancer hardiment. Pour nous, nous nous plaçâmes derriere le Caroffe, nous donnâmes chacun un piftolet à quatre Laquais, & dès que les voleurs approcherent pour l'environner, huit coups que nous tirâmes fur eux, avant qu'ils nous euffent feulement vûs, empêcherent l'effet des leurs, & jetterent cinq hommes fur le carreau. Les deux autres prirent la fuite au même inftant, & nous les laiffâmes courir.

Le premier foin de Fulvio, fut d'aller annoncer à la Dame qui n'étoit pas encore revenuë de fa peur, qu'elle n'avoit déja plus d'ennemis ; & le mien, fut

de mettre pied à terre pour visiter ceux
que nous avions si mal accoutrés. Il n'y
en avoit qu'un qui vivoit encore; nous le
liâmes sur le cheval de l'Hôte qui étoit
venu avec nous, & nous entrâmes ainsi
dans la maison de la Dame, où on appella un Juge pour l'interroger. Mais il
étoit si affoibli par la perte de son sang,
qu'il ne put dire un seul mot, & il mourut entre nos mains. Nous le fouillâmes
cependant, & nous lui trouvâmes une
lettre, par laquelle un homme qui ne
signoit pas, le prioit de se tenir prêt le
Mardi vingt-un Novembre, à enlever
Doña ELEONORA DE MARINIS, & il
lui promettoit de se trouver masqué
avec eux.

Je jugai par cette découverte, que le
mort étoit chef des autres bandits, &
que la Doña ELEONORA qu'ils avoient
eu la commission d'enlever, étoit celle
avec qui nous avions soupé; car le jour
& le lieu de l'assignation convenoient
parfaitement. Mais je n'en doutai plus,
lorsqu'elle dit à FULVIO. Mon cher
Comte, tout s'opposera-t-il toûjours au
bonheur du malheureux FULVIO RA-
PHAELI, & de la fidelle ELEONORA ? A
peine vous ai-je retiré de l'état où vous

avoit réduit l'indigne prédilection d'un
pere pour vos freres, qu'on arme des
scelerats pour m'arracher d'avec vous.
Quoi Dieu désapprouveroit-il que je
vous fisse rompre des vœux qu'on vous a
contraint de prononcer ! Non, il est
trop juste, répondit le Comte FULVIO,
& la protection qu'il vient de nous accorder, est une marque qu'il ne condamne pas les nœuds qui vont nous unir.
En un mot j'ai obtenu une Dispense par
votre crédit, j'avois un droit certain à la
demander, pourroit-il y avoir du crime
à s'en servir ! Non, non, montrons-là,
Madame, faisons connoître nos desseins, & tout réüssira au gré de nos de-
sirs.

Dona ELEONORA parut un peu ras-
surée par ce discours. Elle répondit
pourtant qu'il lui restoit encore de justes
sujets de crainte, & que le Marquis de
CASANOVA, qu'elle soupçonnoit d'a-
voir tenté son enlevement, n'en demeu-
reroit pas là, & qu'il chercheroit à sacrifier son rival à sa fureur. Mais le
Comte FULVIO acheva de dissiper les
appréhensions de cette belle Dame, &
elle ne songea plus qu'à nous remercier.
FABRICIO, l'Hôte & moi.

Le lendemain à la pointe du jour, elle
se retira dans son appartement, & nous
reprîmes avec le Comte, le chemin de
l'Auberge où nous nous couchâmes fatigués comme des Loups. A midi, le
Seigneur F u l v i o vint nous réveiller
pour dîner, & il nous conta qu'il venoit
de chez Dona E l e o n o r a, qu'il devoit
l'épouser le jour suivant, & que nous
étions priés d'être témoins. Mais, ajoûta-t-il en badinant, afin que vous n'al-
liez rien penser de désavantageux de
moi, écoutez mon Histoire. La voici.

CHAP XV.

Histoire du Comte Fulvio Raphaëli.

V O u s sçavez tous deux que je suis
le Cadet de la Maison des Comtes
R a p h a e l i de Florence. Vous sçavez
encore que tous Cadets de Maison illustre sont Religieux nés, & que la plûpart
se donnent au Diable, de rage de ce
qu'on les a donnés malgré eux à Dieu. Le
Comte P i e t r o mon pere, n'eut garde
de violer cette sage disposition, & il ne
put la suivre, sans faire des choix ridi-

cules pour ſes enfans. Le premier & le
ſecond, à qui la nature avoit donné des
inclinations pacifiques, furent envoyés
l'un à la Guerre, l'autre à Malte, & le
troiſiéme dont elle avoit fait un Guerrier, il le fit Prélat. Pour moi, étant
venu au monde le dernier de tous, je ne
pouvois être qu'un bon Moine : ainſi je
fus deſtiné à l'être un jour, & l'ordre
de mon Pere me ſervit de vocation du
Ciel.

A peine eus-je ouvert les yeux que je
me vis couvert d'un petit habit de Be-
nedictin, & on me le laiſſa juſqu'à l'âge
de quinze ans. Alors on me l'ôta enfin ;
mais en même temps un Moine du Mont-
Caſſin, auquel on me livra, s'empara de
ma conſcience, & entreprit de m'inſpi-
rer une vocation au gré du Comte PIE-
TRO. Il réuſſit d'abord aſſez bien. Je ne
me connoiſſois moi-même que de vûë,
& je ſçavois des Convens, préciſément
tout ce que mon Pédagogue noir m'en
apprenoit. C'étoit un plaiſir de l'entendre oppoſer la vie fortunée de ſes pareils, aux plaiſirs tumultueux du Monde,
dénigrer le pauvre Siecle, parce qu'il ne
pouvoit plus renoüer commerce avec
lui ; vanter ſon Ordre, & en exagérer

les petites douceurs. Qui n'eut été la dupe de ces belles defcriptions?

Mais le bon Moine avoit encore d'autres moïens de m'engager dans le piege qu'il me tendoit, & dans de certains Jours deftinés chez eux aux plaifirs, il avoit foin de m'inviter à l'aller voir. Alors tout rioit dans le Cloître, la licence y regnoit, chacun fe difperfoit avec fes amis particuliers, & l'on ne fe raffembloit que pour faire de magnifiques repas.

Dieu fçait la joie des pauvres Religieux, dans ces occafions qu'ils avoient rarement, celle que je goûtois en fongeant que je pourrois être du nombre de ces heureux mortels, & celle que ma credulité donnoit à Don PIETRO. Cependant il la diffimuloit bien, & je craignois même que mon deffein ne l'offençât. Au refte mon Directeur étoit affidu au logis, de nouveaux Compagnons le fuivoient toujours, & ils faifoient merveilles, eux d'amplifier les délices & l'innocence de la vie Monaftique, & mon pere, de témoigner la fainte envie qu'il portoit à ceux qui la menoient.

Enfin, je ne pouvois plus tenir con-

tre la rage de m'encapuchonner, & la
maniere dure dont on me gouvernoit,
ne me paroiſſoit plus ſupportable, après
avoir vû la Beatitude du Convent. J'allai
donc trouver le Comte P I E T R O, &
je lui découvris en tremblant mes projets. A ce diſcours qui le combloit de
plaiſir, il prit un air triſte, & plus de
vingt rides dont il couvrit ſon front,
me firent craindre un refus ; mais il étoit
trop bon pere, pour vouloir me cauſer
» ce chagrin. Mon fils, me dit-il, à Dieu
» ne plaiſe que je déſapprouve votre
» choix, il eſt ſage, & plût au Ciel que
» moi-même je l'euſſe fait. Mais ne vous
» hâtez pas trop de l'embraſſer, prenez
» encore trois mois, & enſuite j'y don-
» nerai les mains : car je ne voudrois pas
» m'oppoſer à ce que Dieu veut, & à ce
» que vous ſouhaitez ardemment.

   Trois jours après, il partit pour la
Sicile, où des affaires importantes l'ap-
pelloient, & il laiſſa à ma Mere une défenſe expreſſe de me faire voir des gens,
qui puſſent me détourner de mon pieux
deſſein. Mais elle n'écouta que ſa tendreſſe pour moi, & l'envie qu'elle avoit
de me conſerver auprès d'elle, lui fit
eſſaïer tout pour y réuſſir. Parties de

plaifir, promenades, fpectacles, compagnies brillantes, tout fut employé. Je
n'avois jamais connu ces plaifirs, & j'a-
vois eu de la peine à en goûter l'offre;
mais fi-tôt que je les eus goûtés! enfin, le
Convent me parut affreux.

Jufques là, j'avois été un nouvel
Hypolite, & aucune Aricie n'avoit dai-
gné polir les manieres farouches que j'a-
vois. Enfin le deffein de plaire le fit, &
Dona ELEONORA voulut bien l'achever.
Ma mere me mena à la Campagne, &
cette aimable perfonne y étoit. Je la vis
& je l'aimai dans l'inftant. Ma mere s'en
apperçut avant moi, & Dona ELEONORA
qui m'aimoit auffi, s'en apperçut avant
ma mere. Celle-ci, charmée de ma nouvelle paffion, chercha les moyens de la
fortifier, & elle eut la bonté d'engager
la tante de celle qui me l'infpiroit, à la
fouffrir. Ainfi j'avois la commodité de
voir ELEONORA, je me promenois feul
avec elle, & j'avois la joie de fentir
qu'elle partageoit cette joie avec moi.
Outre cela, perfonne ne troubloit notre
innocent commerce, & nos parens le fa-
vorifoient en fecret.

Cependant je ne fus affuré que j'aimois ELEONORA, que par les pleurs que

je répandis en la quittant, & je ne connus sa tendresse, que par un trouble qu'elle ne put me cacher. Ce fut alors que je me repentis véritablement de la priere que j'avois faite à Don Pietro ; mais il n'étoit plus temps, & au bout du compte, je croiois que mon changement ne lui déplairoit pas. La semaine suivante, Eleonora revint à Florence, & sa présence me fit oublier tout à fait les inquiétudes dont j'étois agité. Le Marquis de Casanova qui vint alors lui offrir ses très humbles services, contribua encore à m'occuper de nouveaux soins. En un mot il ne fut plus question de Pere, ni de Convens, & je ne songeai qu'à la Belle de Marinis, qui ne songeoit plus qu'à moi.

Ma mere de son côté serroit les nœuds qu'elle avoit formés entre nous, & elle avoit proposé à la tante d'Eleonora de me marier avec sa Niece. Cette Dame ne se rendit pas d'abord à cette proposition, & l'espérance qu'elle avoit conçue d'unir Eleonora au Marquis de Casanova, en fut la cause. Mais les prieres que le pere de cet Amant lui fit de ne plus recevoir son fils, la rendirent favorable à nos desseins. Il ne nous manquoit

plus que le confentement du Comte
PIETRO, & nous ne pûmes l'obtenir.
Le peu de bien qu'avoit alors Dona
ELEONORA, & celui dont il auroit falu
qu'il fe dépoüillât pour me marier, le
mirent en fureur ; il s'emporta contre
ma Mere, & il me menaça de fa vengeance, fi j'ofois revoir jamais celle que
j'avois voulu époufer.

Quel coup affreux pour moi ! pour
comble de malheurs, ma Mere mourut
fix mois après, & je me vis tout à la fois
aimé d'une Amante que je ne pouvois
poffeder ; privé d'une Mere qui m'aimoit ; & entre les mains d'un Pere, qui
ne me faifoit fentir qu'il l'étoit, que
par le poids d'une dure autorité. Ces
malheurs me réduifirent an défefpoir,
& ce défefpoir me plongea dans de nouveaux malheurs. Je repris la funefte réfolution de me faire Moine, & j'entrai
dans l'Abbaye de Florence. On adoucit
le Noviciat en ma faveur, & on en abre-
gea le temps ordinaire, afin que je
n'euffe pas celui de me dédire. Enfin,
lorfque j'étois encore étourdi de mes
chagrins, on me fit prononcer mes
Vœux.

A peine eus-je fait cette action, que

je revins à moi, & que ma raison, qui
m'avoit laissé tomber dans le précipice,
m'en fit voir toute l'horreur. Sur le
champ je fis, ce qu'on fait en pareil cas ;
en un mot je protestai contre la violence
dont on s'étoit servi contre moi : Mais
cela ne servit qu'à irriter mon Pere, à
me rendre suspect aux Moines, & odieux
au Superieurs. On m'ôta la liberté, on
observa mes pas, on y attacha des Es-
pions. Avec tout cela, ils ne réussirent
point dans leurs desseins, & à l'aide de
l'Amour, je leur jouai des tours qu'ils
ne soupçonnerent seulement pas. Tous
les jours, je recevois des Lettres de la
belle ELEONORA, tous les jours je lui
écrivois ; & tantôt le couvercle d'une
boëte, tantôt une fente entre des pier-
res, étoient nos confidens, & les recel-
leurs de ces Billets. Pendant ce temps-là
la Tante de Doña ELEONORA mourut,
& sa Niece se vit la maîtresse de son
choix, & d'un gros Bien. Alors le Marquis de CASANOVA permit à son fils de
se remettre au service de sa Belle, & de
nouveaux Chevaliers parurent sur les
rangs. Ils eurent beau faire, la tendresse
de cette aimable fille me fit triompher
d'eux, & un ennemi invisible rendit leurs
efforts inutiles.

Elle ne se contenta pas de ces marques de sa fidelité, elle se chargea de faire rompre mes Vœux, & elle s'en déchargea sur un ami secret, dont le crédit soutenu d'un nombreux détachement de Ducats, fit des merveilles pour nous. Mais les oppositions publiques de mon Pere, & la résistance secrette des Moines, en retarderent l'effet, & durant six mois, la décision a traîné. On me resserra encore plus qu'on n'avoit fait ; tout commerce dans le monde me fut interdit, & je me vis soupçonné de tous les Religieux, & obligé de les soupçonner tous. Dans cette détresse, j'ouvris mon cœur à FABRICIO, Dona ELEONORA lui ouvrit sa bourse, & nous le mîmes dans nos interêts. J'appris par son moyen que mes ennemis avoient le dessus, & qu'ils crioient victoire. Cette nouvelle me terrassa, & je me crus perdu. Mon Avocat ne laissa pas de poursuivre vivement mon droit, & en cas de malheur, je pris avec ELEONORA, le parti de m'affranchir & de me cacher. Vous sçavez comme le reste s'est passé. FABRICIO vous fit part de mon dessein ; ELEONORA en fit part à notre Hôte, & il fut convenu que nous partirions Lundi au soir,

& qué je demeurerois ici caché. Nous
l'avons fait : enfin la difpenfe a été donnée, nous l'avons reçuë hier au foir, &
mon Pere n'en fçait encore rien. Mais
il le fçaura bien-tôt, & il l'apprendra
avec la nouvelle de mon évafion & de
mon Mariage avec ELEONORA. Au
refte, *motus*, de peur des mauvaifes
chicanes qu'il me feroit.

Nous lui jurâmes tous les deux une
inviolable difcretion, & il nous jura une
reconnoiffance éternelle. Une heure
après, nous montâmes à cheval avec notre Hôte & deux valets qu'il avoit ame-
nés au Comte FULVIO, & nous trouvâmes Dona ELEONORA qui nous attendoit
avec un Prêtre, qu'elle avoit engagé à la
marier, & un Notaire de Florence. Elle
nous apprit qu'elle avoit fait faire un
Procès verbal de ce qui étoit arrivé la
nuit précedente, que les corps des bandits avoient été conduits à Florence, &
qu'on avoit trouvé parmi eux un valet
de chambre du Marquis de CASANOVA.
Elle ajoûta qu'on faifoit d'exactes per-
quifitions de cette Affaire, & qu'elle
étoit déterminée à la pouffer.

CHAP.

CHAP. XVI.

Où l'on verra des choses qui feront peut-être plaisir.

PENDANT qu'elle nous parloit, son Intendant, qu'elle avoit envoyé à Florence, arriva essouflé, botté, & retroussé en Postillon. Quelle nouvelle, lui dit l'Hôte, qui commençoit à faire l'important dans cette Maison ? On a trouvé de nouvelles preuves, dit i'homme d'Affaires. Le Marquis de C A S A-N O V A Pere, est dans d'extrêmes inquiétudes, son fils est je ne sçais où, & la Famille paroît apprehender la suite du Procès qu'on va leur intenter. Tout va donc bien, dit le Comte FULVIO ? buvez donc un coup pour célébrer cet heureux évenement. Le Seigneur Hôtelier paroît en mourir d'envie, & Messieurs le Curé & le Notaire en ont besoin.

Pour nous, il nous emmena dans le Jardin avec ELEONORA, & il lui conta notre Histoire, qu'il avoit apprise de FABRICIO, en attendant le souper qui fut servi assés tard ; mais nous fûmes in-

I

terrompus au beau milieu du Repas;
dont j'enrageai bien, parce que j'avois
un appétit strident. Cependant il falut
patienter & entendre jusqu'au bout,
l'ennuïeuse harangue du Marquis de
CASANOVA le Pere, car c'étoit lui qui
étoit venu. Le pauvre Bonhomme se
jetta aux pieds de Dona ELEONORA
qui le releva d'abord, & il lui demanda
pardon pour son fils. Il dit qu'il l'avoit
déja puni, en l'obligeant de sortir de
chez lui, & de se retirer en Espagne pour
deux ans : qu'il le puniroit plus severe-
ment encore, si elle l'ordonnoit, & qu'il
ne demandoit d'autre grace, que celle
de permettre son retour au bout d'un
temps qu'elle-même marqueroit.

Dona ELEONORA attendrie par le
discours de ce malheureux Pere, lui répondit qu'elle étoit touchée de son malheur, & satisfaite de la conduite qu'il
avoit tenuë : qu'à l'avenir elle ne feroit
plus rien contre le jeune Marquis de
CASANOVA, & qu'il feroit de lui tout
ce qu'il voudroit : en un mot qu'il le
rappelleroit dans l'instant, s'il le souhai-
toit. Mais qu'elle le prioit seulement
de lui défendre de la voir jamais, non
pas même pour la remercier de son par

don. En difant cela, elle faluä civilement le vieux Marquis, & elle fe retira
dans un cabinet prochain. Pour nous,
nous le reconduisîmes à fon Caroffe qui
l'attendoit au bas des degrés, & il nous
quitta, en promettant que fon fils ne feroit rappellé, qu'au temps qu'il avoit
dit à Dona ELEONORA. Je ne fçais fi
Don FULVIO n'en fut pas bien aife,
pour moi, je le fus à caufe de lui. Car
j'étois perfuadé que la préfence du jeune
CASANOVA en Italie, auroit préjudicié
au Comte RAPHAELI. Nous nous remîmes enfuite à table, & nous mangeâmes FABRICIO & moi, affés pour des
gens qui mouroient de faim, & ELEO-
NORA avec FULVIO, beaucoup pour
des Amans que la joie tranfportoit.

Le lendemain, à quatre heures du
matin, le Comte qui n'avoit pû dormir
de plaifir, vint nous tirer du lit où nous
dormions comme des Loirs. Nous allâmes dans l'Appartement de la Dame,
qui étoit déja prête, & l'on fit éveiller
le Notaire & le Curé. En peu de temps
l'un & l'autre furent fur pied, le Con-
trat de Mariage dreffé dès le jour précedent, figné du Curé, de l'Hôte, de
FABRICIO & de moi, la Meffe dite,

& les deux Amans mariés. En moins de
temps encore, ce couple fidele difparut
à nos yeux, & un fuperbe déjeûné fut
prefenté. Mais nous en goûtâmes peu
F A B R I C I O & moi, & nous aimâmes
mieux prendre un fufil, & aller nous
promener.

Nous revinfmes à midi, & à notre retour, nous trouvâmes les uns des convives dormans fur la table, les autres dif-
putans encore le verre à la main contre
le fommeil, & le Comte R A P H A E L I
qui donnoit ordre qu'on nous envoïât
chercher. Ce Seigneur nous reçut de la
maniere la plus gracieufe, & la Comteffe
ajoûta aux complimens qu'elle nous fit,
une bourfe de deux cens piftoles, & deux
Diamans qui valoient encore plus. La
bourfe, nous dit-elle, eft pour m'avoir
délivrée du Marquis de C A S A N O V A,
& les deux Bagues, font pour avoir délivré Monfieur le Comte des mains des
Moines. Nous voulûmes remercier cette
genereufe Dame, avec les termes que
méritoit ce magnifique préfent, mais
elle nous impofa filence, & le Comte
nous ordonna de ne fonger qu'à nous
bien divertir chez lui.

Nous obfervâmes ponctuellement fes

ordres, & quinze jours qu'il nous obligea de paſſer dans ſa Maiſon, ne nous paſurent pas longs. Les plaiſirs y furent continuels, ſon Mariage qu'il avoit rendu public, y attira la plus belle Nobleſſe des environs; & toute ſa Famille, excepté le vieux Comte, vint l'en feliciter dès les premiers jours. Enfin, le vieux Comte lui-même y parut auſſi, parce qu'il ne pouvoit détruire ce qui avoit été fait, & il fit tout ce qu'il put pour paroître content. On le reçut avec une civilité qui le ſatisfit, on renouvella le jour des Nôces pour lui ſeul, & il ſe réjoüit à merveilles. Le lendemain, il repartit, & le même jour nous prîmes congé de la Comteſſe & du Comte, qui nous fit preſent de deux magnifiques Chevaux.

I iij

CHAP. XVII.

*Difcours de Fabricio, & le malheur
qui arriva à Giacomo dans une
Hôtellerie, à force de
civilité.*

AUSSITÔT que nous fûmes en
pleine Campagne, il nous falut
tenir Diete à la Polonoife, c'eft-à-dire
» à Cheval. Où allons-nous, me dit
» FABRICIO, de quel côté tournons-
» nous nos pas ? Jufqu'ici nous nous
» fommes laiffés conduire au hazard, &
» nous avons mené une vraie vie de Che-
» valiers errans. Tantôt couchant à l'air,
» tantôt dans un lit délicieux ; aujour-
» d'hui dans un miferable Grenier à foin,
» & demain dans un Palais enchanté ;
» enfin, gueux, riches, battus, batteurs,
» emprifonnés, mourans de male faim,
» & mangeant des Perdrix tour à tour.
» Il faut faire une fin en un mot. Qu'en
» penfez vous, Seigneur ANTONIO?
Moi, lui dis-je, Que votre avis eft rai-
fonnable, fage, fenfé ; que vous parlez
comme un Docteur ; que fi vous donnez

toujours des avis pareils, vous êtes un homme excellent : Mais que je ne sçais quel parti prendre, ni quelle condition embraffer, pas même quel chemin choifir. Mais vous même, ajoûtai-je, quel eft là-deffus le fentiment de votre Illuftriffime Seigneurie ? Que nous retournions à Gennes, répondit FABRICIO ; que vous renouïiez un tendre Commerce avec l'aimable CLARA DORIA, fi la Juftice a eu la civilité de la renvoyer faine & fauve à fon logis, & qu'à force d'argent vous obteniez d'elle de précieufes faveurs & de beaux bijoux. Sans cela vous ne fçauriez que faire des tréfors que vous poffedez maintenant, & je m'apperçois qu'ils vous embarraffent déja.

Mon cher, lui dis-je, je fens que j'ai mérité vos railleries par ma fotte crédulité, & je le reconnois en toute humilité devant vous. Mais épargnez-moi maintenant, qu'il s'agit de fe déterminer à un choix. Je le veux bien, dit FABRICIO, & je vais parler férieufement. Allons à Venife, le Carnaval approche, nombre d'Etrangers riches y arrivent en foule. On joüe, on voit des femmes : peut-être de bonnes occafions viendront fe prefenter à nous. Sinon, il faut les chercher ;

car enfin, les tréfors dont nous fommes maîtres, ne font pas éternels. Au
refte, quittons nos noms, & baptifons-
nous de celui des Comtes SAVIGNANO:
il n'eft rien de tel qu'un beau Titre pour
s'avancer, & tel qui n'étoit qu'un malheureux Manœuvre, a donné le change
à la Fortune qui le pourfuivoit, en changeant de Païs & de nom.

Je voulus objecter quelque chofe à
mon Confeiller, & je lui expofai les dangers & la honte de fe parer d'un nom
étranger : mais il fe moqua de mes raifons, & il me jura hardiment, qu'il ne
nous en arriveroit rien. Antonio, me dit-
il, n'avons-nous pas étudié avec les fils
du Comte SAVIGNANO? ne l'avons-nous
pas vû fix ou fept fois chez MAZZIERE?
ne pouvons-nous pas dire quel âge à peu
près il a, de quelle taille il eft, où eft fon
Palais. En voilà fix fois plus qu'il n'en
faut, pour nous dire impunément fes
fils, & malheur à qui oferoit nous le
nier. Bien d'autres Induftrieux font de
même que nous & en fçavent moins.
Souffre feulement que je conduife tes
pas, la divine Effronterie conduira les
miens.

Quelque répugnance que je fentiffe à

suivre le conseil du nouveau Comte SAVIGNANO : cependant l'amitié que j'avois pour lui, l'habitude que je m'étois faite de l'écouter, mon embarras, & enfin un peu de penchant à une vie libre, me porterent à me conformer à ce qu'il m'avoit dit, & nous arrivâmes à Monzone, que je le remerciois encore.

Nous n'y trouvâmes personne dans l'Auberge, qu'un certain original, mais cet original fit que nous ne souhaitâmes personne. Imaginez-vous un long corps, sur lequel la Nature avoit placé un col long à proportion, & une tête digne du col. Figurez-vous des jouës plattes, une grande bouche, des yeux qui ne donnoient aucun signe de vie, & des cheveux luisans & passés derriere l'oreille en Espagnol. Joignez à cela un air niais, qui disoit qu'il n'avoit point d'esprit, & une conversation qui ne démentoit pas l'air. Enfin, figurez-vous qu'à tout ce composé étoit attaché une épée, qui auroit pû passer pour en être un des membres ; car elle étoit la compagne fidelle de son côté ; & elle ne s'en séparoit pas, même à table. Tel étoit Messer GIACOMO, que la fortune eut la complaisance de nous amener, pour nous divertir à Monzone.

Dès qu'il nous vit entrer, des habits
affez propres, que nous nous étions fait
faire chez le Comte RAPHAELI, nous
attirerent ses hommages, & notre civilité les redoubla. Enfin l'arrivée du souper les fit finir; & nous le priâmes de
rester avec nous. Il se mit donc à table;
& son épée éternelle s'y mit auffi : mais
par civilité, il ne s'affit que sur un des
coins de sa chaise. D'abord je ne comprenois rien à cette extraordinaire pofture, & je lui en demandai la raifon.
» Messieurs, dit-il, je sçais le respect
» que je vous dois, & qu'il n'appartient
» pas à moi de me placer autrement. Ce
discours & cette cérémonie penferent
me faire mourir de rire, & la peur feule
de le choquer me retint. Un inftant après,
sa chaise qu'il faifoit pancher toute d'un
côté, commença à se lever par celui sur
lequel il ne s'appuïoit pas, & FABRICIO
lui donna un petit coup de pied. Il n'en
falut pas davantage pour renverfer la
machine chancelante, avec celui qui
étoit deffus, & l'un & l'autre allerent
rouler à quelques pas de nous.

Mais le pis fut que le pauvre homme
tomba la tête la premiere dans un feau
plein de glace & de vin, & qu'en vou-

lant fe relever, le feau, la glace & le vin
retomberent fur lui. Un Pape en auroit
ri, & j'en aurois ri devant un Pape,
ainfi je ris de tout mon cœur devant le
civil Etranger qui fe releva enfin.

FABRICIO avec le plus grand férieux
du monde, alla lui demander comment
il étoit, & fi fa chûte ne l'avoit point
bleffé. Je ne fçais, dit celui-ci, mais
j'ai une grande douleur à la tête. J'ap-
préhende que ce ne foit un contre-coup.
Oh! n'eft-ce que cela, répondit FA-
BRICIO? laiffez-moi faire, j'ai un remede certain. Allez vous coucher feulement, & je vous le donnerai. C'eft
encore un grand bonheur, ajoûta-t-il
d'un ton hypocrite, qu'aucun morceau
de ces bouteilles caffées, ne vous ait
percé le front. En même temps, il prit
lui-même quelques morceaux de ces bouteilles, & les fourra fubtilement dans la
poche de Meffer GIACOMO, d'où il
retira fubtilement encore une bouteille
qui y étoit, & qu'il me donna.

Il le conduifit enfuite à fon lit, & il
me pria de l'attendre un moment. Pendant ce temps-là, je décachetai la bouteille, & je reconnus avec plaifir qu'elle
contenoit un vin Grec qu'on eftime

beaucoup. Sur le champ, j'en remplis
un grand verre, mais à peine l'avois-je
bû, quē des cris affreux m'appellerent
ailleurs. Je courus au lien d'où venoit
le bruit, & je trouvai le malade avec
FABRICIO, qui le frottoit avec une fer-
viette, dont il lui arrachoit tous les
cheveux, & qui lui vantoit en termes
Charlatans l'utilité de cette belle ope-
ration.

Il lui mit enfuite un bonnet de nuit
fur la tête, & il l'affura qu'il fuēroit
copieufement, mais qu'il dormiroit bien
& qu'il feroit guéri en fe réveillant.
L'autre lui fit de grands remercimens de
fa grande charité, & nous fortîmes
pour aller avaler fon vin grec, dont nous
donnâmes le refte au Maître de l'Auberge.

Le lendemain matin, nous allâmes
revoir GIACOMO au lit, d'où il n'ofoit
fortir fans la permiffion de fon medecin
FABRICIO. Dès qu'il le vit, il lui raconta qu'il avoit à peine fermé les yeux,
& que jufqu'à la pointe du jour, il avoit
fué continullement. Je le fçavois bien,
dit FABRICIO. Tenez, lui répondit fon
malade, regardez, je fuis trempé, comme fi j'avois couché dans l'eau. En mê

me temps, il essuya son visage, & je vis
couler de ses doigts une liqueur gluante
& jaune que je reconnus pour du beurre. Comme mon ami ne m'avoit point
préparé à ce tour, j'éclatai de rire à la
vûë de cet onguent nouveau, qu'il lui
avoit fourré dans son bonnet. Cela fit
reconnoître au Malade la nature de sa
sueur, & je le vis, les yeux pleins de
fureur, nous menacer de se venger. Mais
FABRICIO prit serieusement la parole,
& s'addressant à moi, sans faire semblant d'appercevoir la colere de l'autre.
Eh bien, dit-il, qu'avez vous à rire,
Monsieur le Comte? Est-ce parce que
j'ai mis du beurre sur la tête de Monsieur? Si vous ne le savez pas, je l'ai
fait exprès, & sans cela il l'auroit enflée
maintenant, & il seroit en danger, au
lieu qu'il est guéri. Voilà comme vous
êtes toûjours avec vos ris impertinens.

Ce discours qui ne sembloit fait que
pour moi, appaisa le malade furibond,
& je crois qu'il se félicita de n'avoir
point laissé paroître sa rage contre nous.
Aprés cela, FABRICIO lui dit, qu'il
n'avoit qu'à boire un coup de vin grec,
& qu'il seroit entierement remis. GIA-
COMO foüilla dans sa poche à l'instant,

mais il n'y avoit que les triftes débris d'une bouteille, & il s'imagina que c'étoit ceux de la fienne qu'il auroit brifée en tombant. Il nous le dit, & nous l'affurâmes qu'il ne fe trompoit point. Mor-bleu, tant pis, dit FABRICIO, il nous faloit abfolument ici du vin grec, c'étoit l'effenciel, & juftement nous n'en trou-verrons point. Voyons cependant fi l'Hôte en auroit par hazard. L'Hôte avoit juftement le refte de celui du jour précédent, & nous lui demandâmes s'il voudroit bien le donner pour un ducat.

Comme nous l'avions inftruit, il ré-pondit qu'il lui coutoit plus, mais que par confideration pour nous, il fe relâ-cheroit à un ducat. Ainfi il falut que le pauvre garçon en paffât par là, & qu'il rachetât le quart de fon vin, plus que le tout ne lui avoit couté. Ce ne fut pas encore tout ; il auroit été heureux d'en être quitte à fi bon marché. Mais le Maî-tre de l'Auberge, contant nous faire plaifir, lui préparoit un nouveau tout que nous ne fçavions pas.

Lorfque nous eûmes compté avec lui, & que GIACOMO voulut compter auffi, le fcélérat l'arrêta par le bras, & jurant comme un Excommunié, il lui fit ce beau discours. Pour vous, mon beau Monsieur, vous ne sortirez pas à si bon marché d'ici. Vous avez trop bien accommodé mon lit pour cela. Venez, venez voir, en quel bel état vous l'avez mis. C'étoit le meilleur meuble qu'il y eût d'ici à Rome, & maintenant on ne peut plus s'en servir. Je vous en fais juges, Messieurs, un lit pénétré de je ne sçais quelle maudite drogue jaune, que puis-je en faire moi ! Ne doit-il pas le payer ? Sans doute, reprit FABRICIO, si Monsieur l'avoit fait exprès ; mais il ne l'a point fait. De plus Monsieur n'a pas assez d'argent présentement, & il s'offre de vous payer à son retour. Allons, Monsieur l'Hôte, il faut avoir de la consideration pour les pauvres voyageurs. Que le Seigneur GIACOMO, vous donne seulement, ce qu'il a dépensé, & quelque petit profit, vous devez être content. Le malicieux Aubergiste fit semblant de murmurer de cette décision, & je vis le temps que GIACOMO effrayé de ses menaces alloit lui donner quatre ou cinq Ducats, mais je l'en empêchai, & l'Hôte le lâcha enfin, moyennant un ducat.

CHAP. XVIII.

De la merveilleuse érudition du Chevalier Della Torre, & celle du Curé & de l'Hôte.

Après avoir fait ainſi ſa paix dont il nous rendit bien des graces, nous lui dîmes adieu, & nous prîmes le chemin de Caſtello Guelfo. Nous arrivâmes de ſi bonne heure, que nous reſolûmes de paſſer outre après avoir bû un coup; mais le Seigneur de ce petit Village, nommé le Chevalier DELLA TORRE, nous y retint. C'étoit un homme de trente deux ans. Il avoit vêcu preſque toûjours à la campagne, & il ne l'avoit quittée, que pour aller de temps en temps à Rome, pourſuivre un certain procès qui y pendoit encore. Il avoit vû dans cette Ville quelques Sçavans, il s'étoit entretenu avec eux, & il croyoit apparemment être devenu habile par-là, car depuis ſon retour à ſa terre, il avoit la rage de décider de tout. En deſcendant à l'Auberge, nous l'y trouvâmes cauſant avec le Signor Hôté ſur des matieres de Religion, & ils paroiſſoient
tous

tous les deux s'échauffer. Mais notre
préfence interrompit cette brillante
converfation, & l'Hôte laiffa fon Anta-
gonifte, pour venir nous verfer du vin.
Ce Gentilhomme s'approcha auffi de
nous, & il nous demanda civilement,
d'où nous étions ? nous lui répondîmes
que nous étions Romains, fils du Comte MASSIMO SAVIGNANO, que nous venions de chez le Comte RAPHAELI, &
que nous allions à Venife, où nos valets
nous précédoient. Parbleu, Meffieurs,
nous dit-il, je fuis charmé de vous voir.
J'ai l'honneur de connoître particuliere-
ment le Comte MASSIMO. C'eft un Seigneur, dont la dignité fait honneur à la
fcience qu'il cultive, & dont la fcience
releve la dignité. Peut-être notre homme n'avoit jamais vû celui dont il parloit, mais un homme de ce caractere, fe
picque d'être en liaifon avec tous les
Sçavans. Quoi qu'il en foit, il nous invita, en qualité de fils d'une perfonne dif-
tinguée par fon érudition, à fouper &
à coucher chez lui, & il invita auffi
l'Hôte & Monfieur le Curé.

Ce dernier avoit plus de fçavoir, que
de jugement, & une prodigieufe lecture avoit moins enrichi fa mémoire,

K

qu'elle ne l'avoit accablée. Avec tout
cela, il avoit acquis l'habitude pédan-
tefque de difputer toûjours, & aucune
propofition problématique ou certaine,
ne paroiffoit impunément devant lui.
Pour l'Hôte, il n'avoit gueres lû que
des Romans; cependant il parloit de tout
hardiment, & il faifoit les plus plaifans
écarts, & les plus burlefques qui pro-
quo que l'on puiffe s'imaginer. Nos illuftres nous furent prefentés par notre
Gentilhomme, & après de longs complimens qu'ils nous firent en s'embaraf-
fant cent fois, & qu'ils lui firent à fon
tour, il nous mena promener dans le
jardin qui étoit affez beau. Là, il nous
conta qu'il avoit eu un commerce intime avec les plus celebres Humorifti; il
les dépeignit tous, entra dans le détail
de leurs habits, & fit un dénombrement
exact du nombre de fois qu'il avoit foupé avec quelqu'un d'entr'eux, ou qu'ils
avoient mangé chez lui. Il fe loüa fur
tout de quatre ou cinq Membres de cette
fameufe Academie; il nous dit qu'ils
étoient les premiers hommes de l'Europe, & qu'ils lui avoient plufieurs fois
fait compliment fur la délicateffe & la
feureté de fon goût; & il nous fit la gra-

ce de nous apprendre six ou sept sotises, qui leur étoient échapées, & qu'il nous donna pour les meilleures choses, qu'il eut entenduës jamais.

Pendant qu'il nous faisoit part de ces choses, avec une satisfaction qui brilloit dans ses yeux, on vînt nous avertir que le souper nous attendoit, & nous remontâmes dans son appartement.

Je m'attendois que la table seroit un azile inviolable contre cet ennuieux entretien. Mais à peine fûmes-nous assis, que la dispute commença, & comme tout sert à qui veut absolument faire parade de sçavoir, une saliere tombée fournit l'occasion au Curé de parler de la salure de la Mer. Ce sel me fait ressouvenir, dit-il, de ce que j'ai lû aujourd'hui dans les écrits d'un Philosophe Anglois. Là-dessus, il débita tout ce qu'il sçavoit de cet Auteur, de son génie & de sa nation. Il exposa ensuite d'une maniere confuse, les sentimens de celui qu'il avoit cité, il y ajoûta ses propres réflexions, & il conclut en témoignant combien il l'approuvoit.

C'étoit-là que l'Hôte, qui l'avoit toûjours écouté d'un air impatient, l'attendoit enfin. Il l'interrompit, & il com-

battit vivement l'Ecrivain Anglois.
Je ne dirai point par quels argumens,
car lui-même n'auroit pû nous en inftruire un moment après ; mais toûjouts
fçais je bien, que la Religion du Philo-
fophe dont il attaquoit l'hypotefe, lui
donna lieu de traiter des Religions. Il
nous promena dans tous les fiecles, &
dans tous les pays, il examina en chemin des matieres Phyfiques, Hiftori-
ques, Morales, & après avòir décrit
ainfi un grand cercle au tour de fon fujet, nous fûmes tous furpris de nous y
voir rentrés. Il le difcuta alors favam-
ment, & à force de prendre les chofes
l'une pour l'autre, de fe contredire
trente fois, & de dire, *il eft certain que*
il nous convainquit FABRICIO & moi, de
la folidité & de la juftefle de fon raifonnement.

Mais le Curé ne parut point fatisfait.
Il répondit, l'Hôte repliqua ; le Curé
dit d'un air railleur, qu'effectivement
un Docteur de l'Univerfité de Padouë
comme lui, avoit tort d'ofer difputer
contre un auffi habile homme que l'Au-
bergifte de Caftello. Celui-ci répondit
d'un ton ironique, qu'il reconnoif-
foit fa faute, & que dorénavant il ce-

deroit toûjours à un homme qui avoit
fait fon cours de Pedanterie à Padouë,
qui portoit le bonnet Doctoral, & qui
en l'achetant, avoit acheté le privilege
exclufif d'avoir raifon en tout. Enfin la
table alloit être profanée par un combat,
car le Curé rougiffoit déja de courroux,
& l'Hôte jettoit fur lui des regards me-
naçans. Mais le maître de la maifon, in-
terpofa à propos fa venerable autorité.

Auffi-tôt un filence refpectueux regna
parmi nous; il prit gravement la parole,
rappella ce que les Combattans avoient
avancé, & tenant la balance également
entre eux, il donna raifon, tantôt à l'un,
tantôt à l'autre, & appuya fes décifions
fouveraines des noms des plus fçavans
Humorifti. Ils reçûrent tous les deux
cette équitable fentence avec docilité,
& le vin acheva de nous rendre la paix.

J'en fus fâché, parce que la difpute
commençoit à me divertir, & que je
prévoïois que cette comedie finiroit
agréablement; mais FABRICIO m'en
donna une autre qui la valoit bien. En
verité, Meffieurs, dit-il aux deux Dif-
putans, votre fçavante converfation
m'a plû infiniment, & jamais je n'ai vû
nulle part plus de mémoire, plus de ju-

gement , plus de vivacité. Mais permet-
tez-moi de vous avoüer que j'admire
encore davantage Monsieur le Chevalier
della TORRE. Quelle vaste érudition!
quelle finesse de discernement ! il me
semble voir en lui Apollon au milieu des
Muses , ausquelles il donne des Leçons.
Oüi , Monsieur, ajoûta-t'il , il est d'une
extrême impolitesse d'accabler de loüanges un homme present. Mais dûssiez-
vous en rougir, & votre modestie me
sçavoir mauvais gré de ma sincerité ; je
ne suis pas le maître de ne vous pas accorder des éloges que vous méritez si
bien. Ah Monsieur, interrompit le Chevalier dont les yeux nageoient dans la
joye, je sens que je suis fort audessous de
ce que votre honnêteté vous a fait dire
de moi. Je n'ai jamais étudié, & je n'ai
pour toutes regles qu'un gros bon sens.
Il est vrai que plus d'une fois de grands
hommes ont paru en faire cas, & que je
me suis vû consulter sur leurs écrits.
Mais j'attribuois tout cela à leur civilité
seule, & je reconnois tous les jours que
l'Etude me manque.

Le malin FABRICIO n'en demeura
pas là. Il levoit les yeux au Ciel, croisoit
les mains, & faisoit des gestes admira-

tifs, qui ravissoient d'aise le Chevalier,
lequel ne faisoit pas semblant d'y prendre garde. Enfin il rompit le silence, &
il lui dit. Ah pour le coup, Monsieur,
on ne vous croira pas, que vous n'en
juriez. J'ai, graces à Dieu, assez de connoissance & de goût, pour sçavoir qu'il
n'y a point d'homme qui vous surpasse;
mais je n'ai point assez de foi, pour me
persuader que vous ne deviez qu'à vous
même cette merveilleuse érudition. Ainsi encore une fois, trouvez bon que j'en
doute, ou jurez-en. Cette pensée nous
fit rire tous; pour lui il ne rit point; &
il continua si bien sur le même ton, que
le Curé conseilla au Seigneur della Torre de le contenter par un serment, &
que l'Hôte dit la même chose que le Curé. Aussi-tôt on prépara tout pour cette
extravagante piece : on disposa deux
chandeliers à côté d'un livre des vies des
Saints ; & notre homme fit le ridicule
serment en levant la main, & en repetant mot à mot le formulaire que FA-
BRICIO lui dictoit.

Heureusement nous nous levâmes de
table un peu après, car j'allois éclater de
rire de cette comique cérémonie. On
nous conduisit à un bel Appartement, &

on me laiſſa ſeul avec FABRICIO, quî ſe
coucha & s'endormit d'abord. Pour moi,
j'avois une plus agréable occupation, en
un mot, je comptois les Piaſtres des
Comtes RAPHAELI. Je ſupputois ce
qu'elles pouvoient durer, & je cher-
chois ce que nous en ferions, avec un
plaiſir auſſi grand qu'un avare en ait jamais goûté. Avec le ſecours de ces aimables pieces, je me promettois une ſuite
continuelle de nouveaux divertiſſemens,
Jeux, Bals, Operas, Maîtreſſes, Amis;
avec elles je comptois avoir tout : je ne
ſongeois plus aux maux que j'avois
eſſuiés, j'oubliois même ma Mere, qui
peut-être pleuroit alors pour moi; & je
prévoyois à peine, que je puſſe un jour
tomber dans l'indigence.

Plein de ces agréables penſées, je ne
me mis au lit que fort tard, & je m'endormis encore plus tard. Je l'avouë, ma
joie m'inſpiroit des tranſports extrava-
gans; mais je n'étois pas le maître de les
réprimer : je ne pouvois la digerer, elle
m'étouffoit preſque, & cela n'étoit pas
étonnant. J'avois été élevé à peu près
comme tous les jeunes gens le ſont. Leurs
Peres les ſévrent de tous les plaiſirs; ils
leur refuſent la liberté, ils ne leur donnent

nent point d'argent. Au reste ils leur
laiſſent voir leur attachement à ces choſes, & ils en vantent devant eux les
agrémens. Qu'arrive-t-il de cette conduite indiſcrete? tandis qu'ils ſont dans
la Maiſon Paternelle, ces plaiſirs qu'ils
voïent en perſpective, frapent leur imagination, ils attendent impatiemment
l'âge où ils pourront les goûter, & ils
regardent comme un Tyran, celui qui
leur en envie l'uſage. Dès qu'ils font leur
entrée dans le Monde, ils s'y jettent à
corps perdu; & l'on diroit qu'ils veulent, par l'excès des plaiſirs, ſe dédom-
mager de la perte de ceux dont ils n'ont
pû joüir.

Comme il étoit près de cinq heures
du matin, quand je m'aſſoupis, il étoit
près de midi quand je m'éveillai. FA-
BRICIO étoit déja deſcendu en bas. Je
m'habillai promptement, & je trouvai
une nombreuſe Compagnie dans le
Salon. Tout le monde ſe leva pour me
recevoir, & le Chevalier DELLA TORRE
me preſenta à une Dame, en lui diſant,
que j'étois le ſecond Fils du Comte
MASSIMO. Elle me témoigna, avec beaucoup d'eſprit, la ſatisfaction qu'elle avoit

L.

de rencontrer le Parent d'un Seigneur, auquel elle avoit, disoit-elle, de si grandes obligations. Un jeune homme parfaitement bien fait me fit les mêmes complimens, & on nous servit ensuite un déjeûné magnifique.

Après cela, nous nous disposâmes à prendre congé de nos Hôtes ; mais nous fûmes retenus une seconde fois, & la Dame qui m'avoit parlé, me pria elle-même instamment de demeurer. Nous n'étions pas bien pressés de partir, cependant nous feignîmes de l'être, pour ceder de meilleure grace aux prieres qu'on nous faisoit de rester. Enfin, après de petites cérémonies, nous nous rendîmes, & on se mit presque aussi-tôt à table. Le dîné fut délicat, & il dura assez long-temps, sans que je le trouvasse trop long, quoique je mangeai tres peu : Mais on y rit beaucoup, la Dame dit cent choses d'une vivacité qui me charmoit. Ce jeune homme qui m'avoit complimenté le matin, me parut plein d'esprit & de bon sens, & FABRICIO à son ordinaire, fit rire tout le monde, sans rire lui-même.

Le repas fini, le Chevalier DELTA

TORRE, pria le jeune homme qui étoit
fon Coufin, de nous conter fon Hiftoire,
& voici comme il s'en acquitta.

Fin du Livre Premier.

HISTOIRE
DE
DON ANTONIO
DE BUFFALIS,
LIVRE SECOND.

CHAPITRE I.

Histoire de Don Lorenzo della Torre.

ESSIEURS, dit-il, en Heros de Roman, dont vous voulez que je fasse le Personnage ici, je dois commencer par décliner mon nom. Ainsi je vous dirai que je m'appelle LORENZO DELLA TORRE, & que je suis d'une

Famille affez connuë dans ce Païs ci.
Mon Pere fut appellé à Rome par le
Cardinal Préfet du Saint Office, & il
m'y mena avec lui. Il me mit en arrivant,
dans la fameufe Academie de F I O R E N-
T I N I, d'où il efperoit qu'une riche
Abbaïe me feroit bien-tôt fortir; mais
il comptoit fans fon Hôte, & fon Patron forma une autre réfolution dès qu'il
m'eut vû.

Quoiqu'il en foit, après avoir rendu
mes Devoirs au Prélat, je ne fongeai
plus qu'à voir cette Ville, que les Etrangers admirent tant, & dont ils font l'é-
loge par tout. Je vous l'avouërai, quoique j'euffe voïagé déja, & que j'euffe
parcouru toute l'Italie, & la plus belle
partie de l'Allemagne, je fus furpris de
la magnificence de Rome; & je paffai
près d'un mois à en admirer les Tem-
ples & les Palais, que le crédit de notre
Protecteur me faifoit ouvrir. Après cela
je m'appliquai férieufement à profiter
des Leçons de mon Maître, & en moins
de fix mois, je fis d'affez grands progrès
pour lui faire honneur, & pour donner
du plaifir au Cardinal Préfet, qui avoit
la bonté de venir de temps en temps me
voir faire mes exercices chez le F I O-

RENTINI. Un jour qu'il étoit monté en Carosse pour cela, il s'avisa d'aller inviter un Evêque de ses amis à l'accompagner. Celui-ci le suivit, & ils prirent mon Pere en passant : tous les trois furent charmés de ma disposition, & sur tout le Cardinal, dont les idées Guerrieres quadroient, Dieu sçait comment, avec ses habits. Le bonhomme ne put se tenir de m'embrasser, & il dit à mon Pere, que j'avois trop bonne mine les Armes à la main, ou monté sur un vigoureux Coursier, pour prendre le petit collet. Que pour lui, il ne souffriroit pas qu'on me le presentât, tant qu'on le laisseroit le maître de mon sort, & qu'il sçauroit bien me donner dans l'Epée des Emplois importans.

Mon Pere, dont la fortune dépendoit de la Protection du Guerrier Cardinal, n'osa croiser ses idées sur mon chapitre, & l'Evêque même feignit de les approuver. Pour moi, je fus ravi que mon Patron disposât ainsi de moi, & il s'apperçut avec plaisir, qu'il m'en avoit fait. Quinze jours après, il m'envoya chercher, il m'accabla de caresses, & il voulut que je dînasse seul avec lui. Après le repas, il me conduisit dans son cabinet,

où il me fit aſſeoir à ſon côté, & il me
parla ainſi.

Don Lorenzo, me dit-il, j'ai tou- «
jours aimé Don Giuseppe votre Père, «
mais ſans cela je ne laiſſerois pas de «
vous aimer. Oüi, mon fils, vos belles «
qualités auroient fait ce que votre «
naiſſance a fait, & ell.s vous auroient «
donné en ma Perſonne, un Protecteur «
zelé. Soyez donc perſuadé que je ne «
vous abandonnerai jamais, & jugez- «
en par ce que j'ai commencé de faire «
pour vous. Vous vîtes dernierement «
chez le Florentini, l'Evêque de «
Fiezole, que j'y avois mené. En «
vous quittant, je l'invitai à ſouper «
dans mon Palais, & je lui demandai «
ce qu'il penſoit de vous ? Il me répon- «
dit comme je ſouhaitois qu'il fît, & «
il me parut auſſi content, que moi- «
même je l'étois. Je lui demandai en- «
ſuite, ſi votre Nobleſſe, & les Biens «
que je vous donnerois, ne feroient pas «
de vous un aſſez bon parti : en un mot, «
je lui propoſai de vous donner une «
Niéce qu'il a, & je le priai de me ren- «
dre au plûtôt une réponſe poſitive. Il «
me l'a renduë hier, & il m'a aſſuré «
qu'il avoit l'aveu de ſa Famille, pour «

L iiij

» agir comme il lui plairoit, & qu'il ne
» faloit plus que celui de Don GIUSEPPE
» votre Pere, & d'OLIMPIA sa Niéce,
» mais que c'étoit à vous à l'obtenir.
» Voyez maintenant, si vous voulez le
» demander à cette derniere ; car je me
» charge de l'autre, & comptez, si vous
» faites cela pour moi, que je ne borne-
» rai pas à cette alliance, ce que j'ai ré-
» solu de faire pour vous.

Je remerciai le Cardinal des bontés
qu'il me témoignoit, & après lui avoir
promis de voir OLIMPIA, j'allai trouver l'Evêque de sa part ; & je lui fis les
complimens que je lui devois. Il me reçut comme le Client d'un Prélat puis-
fant, devoit en recevoir le favori bien-
aimé ; & il me promit de me faire voir
ma future Epouse dans deux jours. Je
retournai après cette promesse au logis
de Don GIUSEPPE, & je le trouvai
dans son cabinet, où il venoit de rentrer.
» Hé bien, Monsieur, me dit-il, dès
» qu'il me vit, vous avez donc triomphé
» enfin, ou plûtôt votre mauvaise étoile
» a triomphé de ce que je voulois faire
» pour votre bonheur. En un mot, vous
» allez vous marier, & vous renoncez à
» un établissement dans l'Eglise, plus

avantageux cent fois, que celui qu'on «
vous a propofé. Je vous plains de n'a- «
voir pas prévû que le Cardinal Préfet «
ne fera pas maître de vous faire la «
fortune éclatante dans l'Epée, qu'il «
vous promet, & que vous vous pro- «
mettez de fon crédit. Mais faites com- «
me vous aviferez bon être; puifque vous «
méprifez mes confeils, je ne m'y op- «
poferai pas, & vous ferez dorénavant «
le maître d'executer le fage deffein «
que vous avez formé, d'être le refte «
de vos jours un malheureux Lieute- «
nant, ou quelque chofe de moins. » «

Je jugeai par ce difcours, que mon
Pere venoit d'apprendre du Cardinal,
fes vûës fur ma Perfonne; & qu'il avoit
trouvé meilleur de décharger fa bile fur
moi, que fur lui. Ainfi je calai les voiles,
c'eft à dire, en bon François, que je
baiffai humblement la tête, & que je
feignis d'entrer un peu dans fes raifons,
pour appaifer fa mauvaife humeur. Mais
je ne fis que cela, & je ne changeai nullement de réfolution à cet égard. Au
contraire, je me fis faire à la hâte un habit magnifique, & une belle livrée à
mon Laquais, & je me mis en état de
paroître avec honneur devant ma future
Déeffe.

Le jour marqué pour notre entrevûë, je me rendis au Palais du Prélat, où elle vint un peu après moi, avec DONA FAUSTINA sa sœur. Si la beauté seule avoit dû me déterminer entr'elles, je ne sçais à laquelle des deux j'aurois donné mon choix : car jamais Filles ne furent plus belles, & pour ainsi dire, ne méritèrent plus de l'être par la bonté de leur cœur. Mais un certain je ne sçai quoi décida, l'Amour s'en mêla après, & je laissai faire l'Amour. Au reste, il fit dans cette occasion ce qu'il fait toujours: il suivit son caprice en petit libertin qu'il est, & il m'attacha à DONA FAUSTINA, tandis que l'on me destinoit à OLIMPIA sa sœur aînée.

Quoiqu'il en soit, je ne songeai qu'à la cadete, sans songer que j'étois venu pour une autre. Je n'eus des yeux & un cœur que pour elle, & je n'eus que des complimens pour OLIMPIA; encore les donnai-je plûtôt à la necessité qu'à cette belle Fille. Au reste FAUSTINA ne fut pas ingrate, & sans qu'elle le voulût, certains regards qui n'étoient rien moins que Dragons, m'apprirent qu'elle voudroit bien troquer son cœur pour le mien. Jugez si j'étois satisfait!

je l'étois si fort, que je ne prenois garde ni au Prélat qui auroit pû me voir, ni à OLIMPIA qui me vooit. Mais a-t-on de la prudence de reste, quand on aime bien ?

Cependant, quand je fus chez mon Pere, je fis des réfléxions sur ce qui venoit de m'arriver, & ces réfléxions me rendirent plus sage. Je m'apperçûs combien il s'en étoit peu falu que l'Evêque de FIEZOLE ne découvrît ma nouvelle passion, & combien il m'auroit été préjudiciable qu'il l'eût fait. Car il n'auroit pas consenti au change, son dessein étant de marier OLIMPIA la premiere ; & le Cardinal n'y auroit pas consenti non plus, son dessein étant de me marier avec OLIMPIA. Ainsi j'aurois perdu en même temps la protection de mon Patron, & l'occasion de voir ma chere FAUSTINA ; & je serois retombé entre les mains de DON GIUSEPPE qui auroit repris sans rien craindre, ses premieres brisées avec moi. Je résolus donc de dissimuler mes veritables sentimens, & de prendre un personnage nouveau : en un mot je me déterminai à contrefaire l'Amant passionné d'OLIMPIA.

Quoique ce rôlle me coûtât, je le fis le jour suivant : je lui dis les choses les

plus tendres que mon imagination pût
me fournir ; & je les dis si bien que je la
trompai, & que moi-même je pensai me
tromper, & croire que je l'aimois en
effet. Mais dès que je jettois les yeux sur
l'aimable FAUSTINA, je sentois bien que
je l'aimois seule ; & je tombois dans une
distraction qui étonnoit OLIMPIA, qui
vangeoit sa charmante sœur, qui en
ignoroit le sujet, & qui me faisoit pitié
à moi-même de la foiblesse que je témoi-
gnois. Cependant elles furent les dupes
de ma feinte. Mais je n'y gagnai, que
de les voir toutes deux me regarder d'un
air froid qui me piquoit, & d'être traité
d'une maniere passablement séche.

Vous voyez que dès le second jour de
mes amours, mes affaires alloient assez
mal. Le pis étoit, que j'ignorois les
moïens de les rétablir, parce que j'ignorois ce qui avoit pû les gâter du moins
j'ignorois qui irritoit OLIMPIA contre
moi. Jugez comme je passai les momens
pendant que la chose en resta là. Mais ce
qui m'arriva une nuit que je rentrois
chez moi, me tira de l'embarras où j'é-
tois. Je passois vis-à-vis la Maison de la
Comtesse SABINO, & je ne sçais pourquoi je marchois seul. J'entendis une

voix de femme à une fenêtre baffe, &
quelqu'un qui répondit à demi voix. La
curiofité me fit approcher, & je me pof-
tai fous une porte d'où je pouvois voir
tout, fans être vû. Ils continuerent tranquillement leur converfation, dont je
ne pus rien attraper ; mais une porte
qu'on vint ouvrir dans la maifon, l'interrompit, & la Dame difparut.

Le Cavalier vint auffi-tôt à moi, & il
me dit de le fuivre chez lui. Je crus d'a-
bord qu'il m'avoit reconnu, & qu'il
vouloit que nous nous batiffions un péu.
J'avois même déja la main fur la garde
de mon épée en cas de befoin ; mais ce
difcours qu'il me fit, me détrompa.
Mon pauvre UBALDINI, me dit-il, tu «
ne fçais pas, fans doute, que c'eft à «
OLIMPIA que je viens de parler ; & tu «
t'imagines déja que je fuis feru de la «
Comteffe SABINO. Il n'en eft pourtant «
rien, & tu me dois réparation d'hon- «
neur fur la legereté dont tu m'accufois. «
Il eft vrai que j'ai été obligé de feindre «
pour la Comteffe, une paffion que je «
n'avois pas, afin de pouvoir entretenir «
de celle que je fens, OLIMPIA que «
je ne puis plus voir chez l'Evêque de «
FIEZOLE. Mais fois perfuadé que je «

» n ai fait que feindre, & que je serai
» fidele, malgré les oppositions de l'On-
» cle, & les Galanteries de Don Lo-
» renzo, dont je sçaurai bien me vanger.

Pendant qu'il me faisoit cette confidence que je n'attendois pas, quatre
hommes fondirent sur nous l'épée à la
main, & l'un d'eux, en s'adressant à
l'inconnu, ne lui dit que ces mots.
Voyons si tu sçauras bien défendre
ta nouvelle conquête. En même temps,
il lui allongea une botte qu'on lui rendit à l'instant ; & à l'exemple de mon
Compagnon, j'en portai une à un
des aggresseurs qui mourut sans dire
mot. Un autre voulut prendre sa place;
mais il en fut si mauvais marchand, que
pour un coup qu'il me donna dans le
bras, je lui en adressai un dans le cœur,
& les autres prirent la fuite sur le
champ.

Lorsque notre combat finissoit, un
homme qui en avoit entendu le bruit de
loin, vint à nous en courant, & il demanda à mon camarade ce qui venoit
d'arriver ? quoi, mon cher Ubaldini,
lui dit celui-ci qui le reconnut à la voix,
ce n'est donc pas à toi que j'ay déclaré
le secret de mon cœur, & qui viens de

me fecourir ? Non, Seigneur FABIO,
répondit l'Eftafier. Vous m'aviez ordonné de vous attendre près de la porte
de la Comteffe MARIA DE SABINO,
& je vous attendois encore, quand j'ai
entendu qu'on fe batoit. Je n'ai pas perdu de temps à accourir à votre fecours,
mais c'étoit déja fait. Hé, qui eft donc,
reprit FABIO en s'addreffant à moi, le
genereux Seigneur à qui je dois la vie ?
c'eft, lui dis je, un homme que vous
traitez d'ennemi & de rival, & qui n'eft
ni l'un ni l'autre, en un mot, c'eft
LORENZO DELLA TORRE. Je lui avoüai
là-deffus les motifs de la conduite que
je tenois ; & il m'apprit à fon tour qu'il
aimoit depuis long-temps OLIMPIA,
& qu'il en étoit aimé ; mais que l'Evêque de Fiezole avoit défendu à fa Niece
de le voir, depuis que je le voyois. Il ajoûta que cette belle fille qui alloit fouvent
chez la Comteffe, lui avoit donné plufieurs rendés-vous dans fon palais ; &
que Dona MARIA DE SABINE, qui ne
fçavoit rien de leur paffion, s'attribuoit
les vifites qu'il ne lui deftinoit pas.
Je voulois lui dire qu'il avoit tort de
tromper cette pauvre Dame, & je l'ap-
pelai perfide en badinant. Mais eft-ce

ma faute, me dit-il, si elle croit que je
l'aime, & si je ne puis l'aimer. Vous devez
connoître la bonne Veuve. Il ne faut que
loüer ses prétendus appas, pour qu'elle
croye en avoir ; & sans qu'on lui dise
qu'on l'aime, elle fait assez de fonds sur
le bon goût des autres, pour le croire aisément. J'ai donc été chez elle, je lui ai
plû je ne sçai comment, elle s'est fait
honneur de mes soupirs, je ne sçai pourquoi. Dois-je la détromper ? je ne lui
ferois pas plaisir. Ainsi nous sommes
convenus OLIMPIA & moi, que je la
laisserois dans une erreur, qui favorisoit
notre Commerce ; & qu'elle, elle pren-
droit sur son compte, ce que je dirois de
tendre à la Comtesse SABINO. Ne suis-je
pas encore assez malheureux de faire ainsi
l'amour au travers d'une autre, & dois-
je me priver par un aveu indiscret du
seul bien que j'ai. C'est pourquoi je continuai mon train avec elle, dût encore
le Chevalier VANELLI qui l'aime gratis
m'en sçavoir mauvais gré, m'attaquer
en traître, comme il vient de faire.

En disant cela, nous arrivâmes à son
logis, & il me fit panser secretrement.
Je retournai ensuite au mien dans un
carosse qu'il me prêta, & je me couchai
d'abord

d'abord. Quoique ma bleſſure parût peu
de choſe, cependant elle m'incommoda
ſi fort toute la nuit, que je fus obligé
d'envoyer querir un Chirurgien à la
pointe du jour pour la viſiter. Je fus ſurpris qu'il me dit, après l'avoir fait, que
j'avois beſoin d'un antidote violent.
Quoi ; lui répondis-je, l'épée étoit-t'elle
empoiſonnée ? Oüi, Monſieur, me dit-
il, & vous ne devez pas perdre un moment. Je n'en perdis pas non plus, &
j'avalai une potion de Theriaque qui me
cauſa les plus violens de tous les maux.
Enfin, j'en fus quitte en ſi peu de temps,
que perſonne n'en ſçût rien, que le Chirurgien dont j'achetai le ſilence. Mais
il me reſta une groſſe fievre, qui en quatre jours m'abbatit au point, de ne pas
me reconnoître moi-même dans un miroir.

M

CHAP. II.

Que l'on doit lire avec attention.

LE Cardinal Préfet ayant appris ma maladie, me fit l'honneur de venir me voir ; & il m'affura que je verrois bien-tôt Dona OLIMPIA, qu'il lui avoit parlé & que sa presence me guériroit. Don FABIO vint auffi, m'annoncer la même nouvelle, & il ajoûta qu'il avoit fait ma paix avec sa Maîtreffe & la mienne; & que la premiere étoit auffi ravie de ce que je ne l'aimois pas, que sa cadette l'étoit, de ce que je l'aimois toûjours. Et afin que vous n'en doutiez pas, me dit-il, voici une Lettre de Dona FAUS-TINA, qu'elle a eu l'addreffe de me don-» ner. Mais à propos de Lettre, & d'ai-» mer, il faut que je vous dife une nou-» velle maniere de conduire ma barque, » que je pratique maintenant. Vous » fçavez que je voyois OLIMPIA chez la » Comteffe SABINO. Depuis trois jours » votre Déeffe s'y rend auffi, & elle lui » a avoüé fous le fceau de la confeffion » que vous l'aimez. Cela m'a donné lieu

de faire avec elle le plus plaisant ma-
nege du monde. Je lui donne mes Lettres, qui passent pour les vôtres : elle
les donne à sa sœur, qui sçait bien le
contraire : sa sœur lui rend les réponses qu'elle me fait, & je les reçois de
FAUSTINA qui me les remet, comme
pour vous les rendre après. Doña
MARIA qui voit tout ce commerce
qui se fait sous ses yeux, & qui voit
les dessus des billets que je donne,
écrits d'une main inconnuë, & ceux
qu'on me donne écrits par FAUS-
TINA, voit tout sans soupçonner
rien, & elle jureroit ses grands Dieux
qu'on ne la duppe pas. Au reste elle
m'aime passionnément depuis mon
combat avec le Chevalier VANELLI,
& elle se me fait un gré infini d'avoir
tué deux hommes à son honneur. Pour
moi j'apprehende serieusement que la
cervelle ne lui tourne à force de plaisir, & qu'elle ne me la fasse tourner à
force de caresses. Cependant elle a
la force de ne dire mot de la bataille
nocturne, & mon rival a la prudence
de se taire.

As-tu dit tout, dis-je alors à Don
FABIO, laisse moi lire ma lettre à pré-

sent. Je la lûs , & j'y vis beaucoup d'a-
mour couvert du nom d'honnêteté. J'en
fis une autre sur le champ , où je m'a-
bandonnai à toute ma passion ; & je la
décrivis d'une maniere à l'inspirer à
d'autres. Je la donnai ensuite à Don
FABIO , & nous nous remîmes à causer,
jusqu'à l'arrivée de l'Evêque de Fiezole,
& de ses deux belles nieces. Dès que
nous entendîmes leur carosse, mon ami
se cacha dans une chambre voisine, parce qu'il ne vouloit pas être vû du vieux
oncle , qui auroit soupçonné quelque
chose ; & je demeurai seul dans mon lit.
Pendant ce temps-là , mon pere alla recevoir la compagnie , & il l'amena dans
mon appartement.

Je ne vous dirai point que je fus trans-
porté de joye , à la vûë de la charmante
FAUSTINA , vous en êtes bien persuadé.
Vous sçaurez seulement qu'OLIMPIA &
moi nous nous dîmes peu de choses , &
que nous nous dîmes encore moins
FAUSTINA & moi , parce que l'oncle &
Don GIOSEPPE nous auroient entendus.
Mais en recompense, nous donnâmes
cariere à nos yeux : ma Déesse me jetta les
plus significatifs regards, & je ne fus pas
en reste avec elle. Heureusement, nous

étions situés de maniere à ne pouvoir
être vûs des deux incommodes vieillards, ainsi cette visite se passa à la satisfaction d'un chacun.

Les jours suivans, Don FABIO vint
me voir assidûment, & il me rendit auprès de l'aimable FAUSTINE, *les services
que mon nom lui rendoit auprès d'O-
LIMPIA*; c'est à-dire qu'il lui porta mes
billets, & qu'il me rapporta les siens.
Cependant au bout de trois semaines la
fievre me quitta, mes forces revinrent
insensiblement, & je me trouvai en peu
de temps en état de me lever.

Alors Don FABIO vit bien que le
stratagême qu'il avoit imaginé pour entretenir un commerce reglé avec OLIM-
PIA, ne lui vaudroit plus rien. En effet,
il n'eût pas été vraisemblable, que je le
chargeasse de mes affaires, moi voyant
tous les jours ma Maîtresse. Ainsi il songea tout de bon à en trouver un nouveau, & je lui en fournis un. C'étoit de
me donner ses Lettres, que je donnerois à OLIMPIA chez elle, & qu'elle
rendroit les miennes à sa sœur, & me
remettroit en même temps ses propres
réponses, & celles de FAUSTINA. Rien
n'étoit plus naturel & plus aisé, c'étoit

juſtement le contraire de l'autre ; ainſi il l'approuva.

Dès que je pûs ſortir, j'allai rendre mes devoirs au Cardinal Préfet & à l'Evêque de Fiezole. Je vis enſuite ſes nieces, & je commençai à leur faire l'amour à toutes deux, à l'une en mon privé nom, & à l'autre en vertu de la procuration de FABIO.

Rien n'étoit plus drôle, que le train de vie que nous menions. Je les viſitois chez elles : je les menois à la campagne : les cadeaux marchoient que c'étoit une benediction : je faiſois la moitié de la dépenſe, FABIO faiſoit l'autre, & dans le monde OLIMPIA & moi, avions l'honneur de tout. Au reſte nous nous divertiſſions à merveille & FABIO ſeul paſſoit mal ſon temps. Mais il voyoit ſa Déeſſe chez la Comteſſe SABINO, & il s'y récompenſoit de ſes ennuis ſecrets.

Ce qu'il y avoit de meilleur là dedans, c'eſt que l'Evêque qui n'étoit gueres preſſé de me donner ſa niece, parce qu'il avoit formé de nouveaux projets, ne la preſſoit gueres non plus de ſe déclarer. Le Cardinal en étoit aſſez fâché, mais mon Pere en étoit bien aiſe par les

raïſons que je ſçavois, & j'en étois bien-
aiſe auſſi, par d'autres qu'il ne ſçavoit
pas. Pour comble de bonheur, l'Oncle
incommode fut appellé à Fiezole par des
affaires importantes, & il nous laiſſa le
temps de faire les nôtres. A ſon retour,
mon Patron, qui avoit été malade, fut
obligé d'aller faire un tour à FRASCATI,
& il ne revint à Rome, qu'au bout de
deux mois. Ainſi nous avions tous les
moyens imaginables de vacquer à nos
amours, ſans que rien au monde nous
gênât.

Don FABIO venoit même en toute liberté dans la maiſon de ſa Maîtreſſe; &
il nous diſoit, qu'il ne lui manquoit pour
être heureux, qu'un Oncle de moins.
Oüi, diſoit-il, il faudroit qu'il en mourut un, ou celui d'OLIMPIA qui ne veut
pas de moi, à cauſe que j'ay peu de biens,
ou le mien propre dont je dois heriter
conſiderablement. Mais la preſence des
deux Prélats détruiſit ſa felicité. Il falut
retourner chez la Comteſſe SABINO,
qui étoit demeurée preſque Veuve pendant ce temps-là, & qui avoit repris le
Chevalier VANELLI à ſon ſervice. On
en fut un peu grondé: il dit de mauvai-
ſes excuſes, qu'elle fut trop heureuſe de

prendre pour bonnes ; enfin la paix se fit, le pauvre Chevalier fut banni une seconde fois ; & on obligea Don FABIO à jurer qu'il n'avoit été chez l'Evêque de Fiezole, que parce que je l'en avois fort prié.

Elle auroit bien souhaité encore, que les Signoré OLIMPIA & FAUSTINA ne lui fissent plus l'honneur de venir la voir ; & elle en étoit un peu jalouse, quoiqu'elle assurât que non. Mais elle n'en fut pas la maîtresse, & leur oncle qui la consideroit comme une amie, la pria si bien de les souffrir chez elle, qu'elle n'osa le refuser. Ainsi elles continuerent de lui rendre visite, & FABIO de parler à sa Belle au moins des yeux.

Quoique je visse FAUSTINA chez elle, je ne laissois pas de la suivre chez la Comtesse Dona MARIA. Là nous joüions ; nous faisions des repas : il y avoit musique, & nous partagions, comme auparavant la dépense Don FABIO & moi. Mais il arriva une chose qui pensa tout gâter.

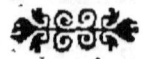

CHAP.

CHAP. III.

Qui est une suite des deux précedens,
& qui les vaut bien.

LE Chevalier VANELLI fin comme
un jaloux, & jaloux comme un diable, s'étoit apperçû que la Comtesse
étoit la duppe des feintes de FABIO ; &
il auroit bien voulu l'en convaincre,
mais il en ignoroit les moyens. Enfin
il fit si bien à force d'argent, qu'il gagna une des femmes d'OLIMPIA ; &
celle-ci, qu'elle attrapa tous les secrets
de sa Maîtresse, dont elle avoit déja deviné la moitié. Elle lui redit tout, & il
apprit par là qu'il avoit donné droit au
but. Il ne s'agissoit plus que de se servir
à propos de ce qu'il avoit découvert ; &
il étoit embarassé de ce qu'il feroit.
Heureusement il étoit persuadé que j'aimois OLIMPIA. La fille de chambre
qui le croyoit aussi bonnement que le
reste du monde, l'en avoit persuadé encore plus ; & elle lui avoit même mon-
tré de mes Lettres à FAUSTINA, qui n'en
laissoient point douter. En effet, il pa-

N

roiffoit que je les avois addreffées à fa
fœur ; car j'ay oublié de vous dire, que
j'avois jugé ce ftratagême neceffaire, de
peur qu'on ne reconnut par elles mes
veritables deffeins. Il jugea donc qu'il
devoit m'ouvrir fon cœur, & m'engager
par mes propres interefts à porter les
fiens.

Voyez un peu à quelle confidence j'é-
tois deftiné, & quel homme le Chevalier
choififfoit. Pour moi je n'ai jamais eu
plus d'envie de rire que j'en eus pendant
fon difcours. Je me retins pourtant ; je
feignis d'être indigné de la fourberie
qu'on me faifoit, & je lui promis que
nous ferions bientôt vangés tous deux.
Lui de fon côté m'apprit que la Fille de
chambre de Dona MARIA étoit toute à
lui, & qu'elle parleroit à fa Maîtreffe dès
le jour même ; & après cela il me laiffa
feul. A peine il étoit forti de chez moi,
que Don FABIO arriva. Je lui contai la
merveilleufe bonté, que fon rival avoit
de le faire inftruire par moi, de tout ce
qu'il méditoit contre lui. J'en fis part
enfuite aux deux charmantes Sœurs, &
nous prîmes des mefures enfemble
pour tromper encore l'officieux Don
VANELLI.

J'allai le soir chez la Comtesse, & personne de nous, n'y vint, comme j'en étois convenu. Madame, lui dis-je en riant, sçavez-vous bien que votre ancien Chevalier brûle encore pour vous, & que vos rigueurs le font souffrir comme un damné. Le pauvre garçon ! dit-elle, aussi pourquoi s'opiniâtre-t-il, quand il n'y a point d'espérance pour lui ? mais dites-moi bonnement, ne mentez vous point, & m'aime-t-il en effet ? s'il vous aime lui dis-je ? à en devenir fou. Jugez-en. Il vient chez moi : Don LORENZO, me dit-il, auriez-vous pû deviner, soupçonner seulement le tour qu'on nous jouë à tous deux. Hé ! quel tour, dis-je d'abord ? Don FABIO vous fait accroire, dit-il, qu'il aime Dona MARIA, pour vous ravir OLIMPIA ; & il persuade à Dona MARIA qu'il l'aime, pour avoir occasion de voir chez elle OLIMPIA, qu'il ne peut plus voir chez l'Evêque de FIEZOLE'. Là-dessus, je réponds qu'il me faudroit des preuves, pour croire une chose dont j'ai vû cent fois le contraire à mes yeux. En voulez-vous d'autres, répond-il, que les Lettres de Don FABIO ? J'ai voulu lui apprendre que FABIO avoit écrit ces Let-

N ij

tres pour moi, qu'elles étoient pour FAUSTINA, & que je les adressois à OLIMPIA, afin qu'elle les rendît à sa Sœur. Vous sçavez que rien n'est plus vrai. N'importe; il a été sourd à tout; il s'est adressé à RUSTICELLA une de vos femmes, & il l'a priée de vous conter tour. Que pensez-vous de ce trait?

La Comtesse qui avoit ri comme une folle, tant que j'avois parlé, m'embrassa après, & elle m'ordonna de me cacher. Vous allez voir, me dit-elle, une plaisante Scene, je viens de l'imaginer; laissez-moi faire seulement. En même temps elle appella RUSTICELLA, & lui demanda si elle avoit vû depuis quelque temps le Chevalier VANELLI, & s'il se portoit bien. Ma foi, Madame, dit celle-ci, vous avez tort de vous moquer de ce pauvre diable. Il vaut mieux que votre beau Don FABIO, & du moins il va rondement. Mais l'autre vous dupe, & tandis que vous le croyez chez lui, occupé de vos bontés, le scelerat ne songe qu'à mériter celles d'OLIMPIA, qui vous berne aussi.

Dieux! cela se peut-il, dit la Comtesse SABINO, en affectant de paroître étonnée de ce récit? Oüi, Madame, dit

Rusticella, & il a vû les Lettres que Don F a b i o écrit à votre Rivale. Il eſt venu auſſitôt me l'appendre, & il m'a chargée de vous en faire part. Je lui ſuis obligée de ſes ſervices, dit la Comteſſe d'un air ſérieux, & pour lui en marquer ma reconnoiſſance, je lui fais grace de l'éxil éternel, auquel je l'avois condamnée ; & je lui permets de reparoître chez moi dans cent ans d'ici.

La pauvre Soubrete, qui s'imaginoit avoir de bonnes nouvelles à annoncer le lendemain au Chevalier Vanelli, fut ſurpriſe du mauvais ſuccès de ſa négociation, au point de ne pouvoir ouvrir la bouche ; les railleries de ſa Maîtreſſe acheverent de la déconcerter, & elle ne put que hauſſer les épaules, & ſortir de l'Appartement. Je me remontrai d'abord, & nous nous mîmes à rire à gorge déployée, la Comteſſe de ſa femme de chambre, & moi de la Comteſſe. Don F a b i o qui vint un inſtant après, fit *Chorus* avec nous, & nous y demeurâmes juſqu'au ſouper.

Le lendemain, le Chevalier Vanelli vint chez moi, pour m'apprendre ce que Rusticella avoit dit, & ce que Dona Maria avoit répondu ; & pour

me demander si je ne jugeois pas que sa
Maîtresse eût perdu l'esprit ? Non, lui
dis-je, mais je juge que nous l'avons
perdu nous-mêmes, d'avoir pris d'abord
la chévre pour un rien. Sçavez-vous ce
qui m'est arrivé ? J'ai été chez OLIMPIA,
j'ai fait un tapage enragé, & elle m'a
écouté sans dire un mot. Ensuite elle a
éclaté de rire, elle s'est moquée de moi,
& elle m'a dit que j'étois jaloux de moi-
même, qu'elle ne s'attendoit pas à cela,
& que je n'avois qu'à renoncer à elle,
ou à mes ridicules soupçons. Je ne comprenois rien à ce langage, & j'étois dans
une furie à ne me posseder pas. Enfin elle
m'a fait voir, que ces prétenduës Lettres
de FABIO, qui prouvoient son amour,
ne prouvoient que le mien, & elle m'a
fait ressouvenir, que pendant ma maladie, il les avoit écrites pour moi. Vous
jugez bien que j'ai pris le parti de lui
demander pardon, & elle me l'a accordé
de tout son cœur. Sans doute elle aura
ensuite appris cette noûvelle à la Comtesse SABINO, & c'est ce qui vous a attiré le compliment qu'elle a fait à votre
Ambassadrice.

Voilà à quoi aboutirent toutes les dé-
penses que le Chevalier avoit faites,

pour détromper fa Maîtreffe, & toute l'efperance qu'il avoit conçuë d'y réuffir. Mais il n'y perdit que l'attente, & l'attente ne fut pas fi longue que j'aurois fouhaité. Mon Pere qui avoit toujours éloigné la conclufion de mon mariage, vint à mourir fubitement ; & il me laiffa des Biens peu confiderables, & la Protection du Cardinal. Dès que celui-ci fe vit tout à fait le maître de mon fort, il ne voulut plus differer de me marier avec OLIMPIA, & il m'en parla d'un ton fi ferme, que je n'ofai lui réfifter. Les deux Sœurs & FABIO en furent effraïés comme moi, & nous fûmes dans une confternation qu'on ne peut exprimer. Enfin Don FABIO nous tira d'embarras.

Vous fçavez, Meffieurs, nous dit Don LORENZO, que votre Maifon & la fienne font alliées, & que le Comte MASSIMO votre Pere fait beaucoup de cas de Don FABIO. Le pauvre garçon alla le trouver, il lui découvrit la peine qu'il fouffroit, & il le pria de l'aider. Le Comte lui répondit qu'il ne faloit que parler au Cardinal Préfet, qu'il s'engageoit de le faire, & qu'il efperoit que tout iroit bien. Il y alla effectivement,

mais les chofes n'allerent point comme il
avoit prefumé.

Lorfque le bon Prélat entendit parler
de donner à Don FABIO, OLIMPIA
qu'il me deftinoit, & de me donner
FAUSTINA, que je m'étois deftinée fans
fon aveu, il s'y oppofa tout net; & il
affura qu'il ne le fouffriroit point. Peut-
être un peu de colere contre moi entroit
dans cette réfolution; mais peut-être auffi
la prit-il par amitié pour moi : car il me
dit le lendemain, lorfque j'allai le faluer,
que je ne fçavois ce que je faifois, &
que je renonçois à une Fille, à qui fon
Oncle, dont elle étoit aimée devoit laiffer de grands Biens, pour m'attacher à
une autre qui n'auroit que ceux de fes
parens. Qu'au refte la tendreffe qu'il
avoit euë pour mon pere, & qu'il me
conferveroit toûjours, l'engageoit feule
à rompre mes deffeins; & qu'il les fa-
voriferoit, lorfqu'ils feroient confor-
mes à la raifon.

Ce difcours ne me confola pas de fa
refiftance; mais la nouvelle que FABIO
m'apprit trois femaines après, que fon
oncle étoit mort, & qu'il en étoit l'u-
nique heritier, me confola beaucoup.
Je m'imaginai bien qu'il demanderoit

OLIMPIA, que l'Evêque de Fiezole seroit charmé de la lui accorder, & trop heureux de me donner FAUSTINA après ; & je ne me trompai pas dans mon Calcul. Effectivement, le Seigneur Evêque me retira la promesse qu'il avoit faite à mon Patron ; & il maria dès le jour même Dona OLIMPIA à Don FABIO.

Alors le Cardinal Préfet commença à écouter les propositions que je lui avois faites inutilement jusqu'alors. Le Comte MASSIMO & Don FABIO s'employerent en même temps auprès de lui & auprès de l'Evêque ; & ils firent si bien, que le premier m'a donné un Régiment, & le second, sa Niece, à laquelle il a promis les mêmes avantages, qu'auroit sa sœur OLIMPIA. Au reste la Comtesse SABINO est fort en colere contre nous, & VANELLI, selon toutes les apparences, profitera de sa colere & l'épousera. Du moins on en parloit fort, quand je suis parti de Rome, pour venir ici passer quelques jours. En ce cas là, il seroit heureux ; mais je ne lui envierois point son bonheur ; car Dona FAUSTINA, qui est celle que vous voyez, suffit pour le mien.

Quand il eut fini son histoire, nous le remerciâmes de la bonté qu'il avoit euë de nous en faire part ; & nous felicitâmes les deux Epoux, de se voir enfin unis pour toûjours. Je lui demandai ensuite dans quel temps leur mariage avoit été conclu ; & il répondit qu'il y avoit un mois, & qu'apparemment nous étions déja chez le Comte RAPHAELI, puisque nous n'en avions point entendu parler. FABRICIO, toûjours plus hardi que moi, répondit effrontément, qu'en effet nous étions sortis de Rome, quelques jours auparavant, & que nous avions passé six semaines dans la maison du Comte FULVIO.

CHAP. IV.

Arrivée d'un Gentilhomme campa-
gnard chez le Chevalier della
Torre. Comme il est confondu par
Fabricio, & la civilité des Grisons.

LA conversation changea ensuite ; &
sur le soir nous fîmes une partie de
chasse avec Don LORENZO. En rentrant,
nous trouvâmes une nouvelle Compagnie avec le Chevalier DELLA TORRE.
& il nous falut en essuyer cinq ou six
complimens circulaires qu'on nous lâcha. FABRICIO & moi eûmes beau faire
pour arrêter ce débordement de cérémonies, on ne nous fit pas grace d'une ,
& le nom illustre du Comte MASSIMO ,
l'honneur & l'avantage de nous saluer ,
les très-humbles respects , les affection-
nés Serviteurs , &c. Tout en fut, &
nous ne pûmes passer dans l'appartement
de Dona FAUSTINA , que tout ce ver-
biage provincial ne fut passé.

Enfin nous nous échappâmes des mains
de cet ennuyeux personnage. Mais nous
n'eûmes que le temps d'apprendre , que

c'étoit un Gentilhomme campagnard des amis de la maison ; car il nous fuivit d'abord, & il interrompit impitoyablement les ris qu'il avoit caufés. Je jugai bien à l'air vindicatif dont FABRICIO le regarda, qu'il alloit tomber fur lui, & qu'il ne l'épargneroit pas. Cependant il le laiffa débiter en paix, fes divertiffantes penfées fur le menage de la campagne, fur fes fermiers, fur les droleries du Chirurgien de fon Village, fur les plaifirs de la pêche, & fur les Sermons du Curé ; il ne s'occupa, qu'à nous faire confiderer fans rien dire, le bizarre habillement du noble Villageois.

C'étoit en effet quelque chofe de joli, que cet équipage. Il étoit compofé d'une paire de bas de foye bleu mourant, brodés d'or, d'une culote de velours rouge, d'une vefte de drap d'or, & d'un pourpoint de foye, comme les bas. Une épée d'argent affez courte fembloit paffer au travers de fes cuiffes, car la garde & la pointe étoit en ligne parallele, & paroiffoient l'une d'un côté de fon corps, & l'autre du côté oppofé. Dona FAUSTINA ne pouvoit s'empêcher d'éclater, des mines que FABRICIO faifoit, de celle du Gentilhomme, & de l'opinion où il étoit bonnement qu'on rioit des traits plaifans qu'il rapportoit. Je la fecondois admirablement, & le temps commençoit à nous paroître court ; mais on vint nous avertir que le foupé étoit prêt, & cela finit notre converfation.

A peine fûmes nous à table, que le bon homme nous dit qu'il avoit coûtume de boire avant que de manger ; & il demanda effectivement un grand verre de vin. Dès qu'il l'eût, baiffant la tête, clignant des yeux, hauffant les épaules, & tournant le cou d'un côté, fon verre de l'autre, il bût à la fanté de Dona FAUSTINA. Dix ou douze rouges bords, qu'il avala avec les mêmes ceremonies, fuivirent prefque immédiatement celui-cy, & le remirent en humeur de manger & de babiller.

Il s'acquita du premier affez bien ; mais le fecond, il le fit en maître paffé. Il nous parla de l'antiquité de fa race, des differentes branches de fa Famille, des glorieufes alliances de fa maifon, en un mot, il ne déparla pas pendant une heure. Nous ne pûmes pas fourer un feul mot à la traverfe, & l'invincible Chevalier DELLA TORRE fut terraffé

par le babil fuperieur de l'Etranger.
Heureufement ce nouvel Hôte fentit
que fes poulmons s'alteroient ; car le
Maître de la maifon paroiffoit boufi
d'envie de parler, & il feroit crevé d'u-
ne retention de fcience, fi le bon Dieu
n'y eût mis la main.

Mais celui-ci ne jouit pas long-temps
du filence de fon ami, & il lui falut fe
taire, pour entendre le fecond Tome
de la Geneologie dont nous avions vû
le premier. Le Campagnard reprit donc
fes illuftres ayeux, leurs exploits dans
les guerres des Guelphes & des Gibelins;
& il voulut bien apprendre qu'un certain BENRENGARIO fon trifayeul avoit
époufé SIBILLA D'ESTE : que la grande
tante de celui là, avoit été mariée à un
ASTOLFE MALATESTA, qui étoit grand-
pere du côté des femmes d'ORSEOLO di
PONTE, & beaucoup d'autres belles
chofes comme celles-ci. Je me fouviens
même, dit-il, d'avoir oüi dire à une
coufine de mon grand-pere, qu'un Duc
de Saxe paffant par l'Italie, demanda en
mariage une HELENA di SCARSI notre
parente au cinquiéme dégré. Et voulut-
on bien faire cet honneur au Duc, dit
froidement FABRICIO?

Cette queſtion fut un coup aſſommant pour le pauvre Genealogiſte, car il ne dit plus mot de la ſoirée. Mais le lendemain il ne s'en ſouvint plus, & il vint avec ſon incorrigible babil dans la Sale où nous étions tous avec Dona FAUSTINA. Dès qu'il y parut, il y dit à cette belle Dame un tas de phraſes doucereuſes des vieux Romans, qu'il avoit appriſes jadis pour ſa Maîtreſſe depuis ſa femme; & il s'en fit encore honneur dans cette occaſion-ci. Après les complimens que ſuivit le déjeuner, nous prîmes congé de nos Hôtes, & nous montâmes à cheval avec lui. Mais nous ne marchâmes enſemble que juſqu'à un Village, où il nous dit que des affaires l'arrêtoient; & nous continuâmes notre route juſqu'à QUISTELLO, où nous voulions diner.

Il n'y avoit gueres qu'une demie heure que nous y étions, lorſque nous entendîmes à la porte de l'Auberge le bruit de pluſieurs perſonnes, & quelqu'un dont la voix ne nous paroiſſoit pas inconnuë. Nous deſcendîmes d'abord. C'étoit une douzaine de Griſons, dont les uns menoient un cheval, les autres portoient entre leurs bras le Gentilhom-

me quenous venions de quitter. Dès qu'il
fut entré, on lui donna une chaise, &
chacun lui demanda s'il avoit été blessé?
Mais il avoit perdu cette volubilité de
langue, que nous avions admiré en lui. Il
étoit si essoufflé, qu'il pouvoit à peine ouvrir la bouche, & si irrité, qu'il ne faisoit
que jurer entre ses dents, & lancer des
regards terribles sur ses conducteurs,
qui se tuoient d'y répondre par des complimens en leurs patois. Nous ne com-
prenions rien à ce spectacle, & j'étois
près de faire arrêter ces Messieurs-
là comme des voleurs ; enfin ils s'en
allerent, & la parole revint au bon
Gentilhomme, lorsqu'il ne les vit
plus.

Il commença par faire deux ou trois
soupirs, pousser des cris douloureux, &
serrer sa jambe, comme un homme qui
y a mal ; & ensuite il nous parla à peu
» près en ces termes. Vous m'avez quit-
» té, dit-il, à trois lieuës d'ici. J'y ai
» demeuré une heure, & j'en revenois.
» Mon maudit cheval a vû quelque cho-
» se, il a fait un saut, & il m'a jetté sur
» des cailloux. Imaginez-vous la dou-
» leur qu'une chûte semblable peut cau-
» ser. Mais ce n'est rien, au prix de celle
que

que m'ont fait souffrir ces détestables «
Grisons. Lorsque je me relevois, & «
que je courois après mon cheval, «
boitant, comme vous sçavez que je «
fais, ils sont accourus à moi. Je crois «
qu'ils étoient possedés, & que le diable «
me les envoyoit. L'un a saisi mon che- «
val, l'autre m'a renversé à terre, quel- «
ques-uns m'ont pris les bras, & les «
derniers se sont emparez de mes jam- «
bes, & se sont mis à les tirer à qui «
mieux mieux. Crier de toute ma for- «
ce, leur demander ce qu'ils me vou- «
loient, les prier de me laisser aller, & «
leur offrir de l'argent, ç'a été peine «
perduë. Ces enragez Manans tiroient «
toûjours à l'envie, je crois qu'ils vou- «
loient me démembrer. Pour achever «
de me faire perdre patience, ils me «
faisoient de profondes reverences, en «
disant je ne sçai quels mots, dont je «
n'entendois que ceux-ci, Monsieur, «
tout va bien maintenant. N'étoit-ce «
pas pour me desesperer, que ces civi- «
lités assassines. A la fin le bon Dieu a «
eu pitié de moi, & ils m'ont apporté «
ici, boiteux des deux jambes, au lieu «
que je ne l'étois que d'une.

Vous pouvez bien croire, que nous

O

n'entendions rien à la conduite extraor-
naite de ces Grisons. Mais l'arrivée de
Monsieur l'Hôte nous tira de l'incertitu-
de où nous étions. Il nous raconta donc
qu'il leur avoit parlé, & que ces bonnes
gens lui avoient dit, qu'ayant vû ce
Gentilhomme tomber, & boiter après,
ils avoient crû que sa chûte l'avoit accommodé ainsi, & qu'ils lui avoient
tiré les jambes pour le guérir. Hé mor-
bleu, dit le Gentilhomme en soupirant
de douleur, de quoi se mêlent ces bou-
reaux là ? j'avois bien affaire de leur
impertinente charité ! Il ajoûta encore
à cela force juremens, & en attendant
qu'il eut fini, nous allâmes donner ordre pour le faire manger avec nous.

Après le dîné, il envoya chercher une
chaise chez lui, & il nous pria instamment de venir passer la nuit dans sa maison. C'étoit une vraye Gentilhom-
miere. Le Château étoit environné d'un
fossé demi sec : la porte ornée d'une tête
de Loup & de plusieurs aîles de chauve
souris ; la cuisine garnie de cornes de
cerf : les chambres parées d'arbres gé-
néalogiques, & les écuries de vieux chevaux & de méchans chiens. Il ne manquoit plus, qu'une table couverte de

gibier, & elle ne manqua pas; car le Fils du bon Gentilhomme apporta six perdrix. qu'il venoit de ruer, & un lievre qu'il avoit eu à l'affut. Nous ne pouvions goûter là d'autres plaisirs, que celui de manger d'assez bonnes choses, nous le goûtâmes, & cependant nous fûmes bien aises d'en partir le lendemain.

CHAP. V.

Nouvelle malice de Fabricio. Description d'un jeune Ecolier.

NOus n'étions pas à quatre mille de la maison du bon homme, que nous nous vîmes accostés par un jeune homme assez bien mis, qui nous pria d'un air décontenancé de le souffrir avec nous. FABRICIO ne demandoit pas mieux, pour moi je m'en souciois peu, nous l'admîmes cependant, & ce nouveau voyageur se joignit à nous. C'étoit un garçon spirituel, médiocrement habile, & d'un caractere fort doux. Au reste frais émoulu du College, c'est à-dire niais, pédant, & poliçon. Il nous

apprit qu'il s'appelloit PIANETTI, qu'il
venoit de Gênes, & que fa mere l'envoyoit à Venife, où demeuroit un oncle de lui ; & demi Latin, demi Italien,
il nous affura que nous ferions bien reçûs de ce parent, chez lequel il vouloit
nous mener. Nous le remerciâmes de
ces offres, & moitié caufant, moitié
riant, nous arrivâmes dans une Auberge
à Longara. Nous nous fîmes conduire
dans le plus bel appartemenr, & une
petite demi heure après, on nous y apporta à manger. Jamais homme ne fut
plus embaraffé, que le pauvre PIANET-
TI le fut alors. Comme notre équipage
nous faifoit prendre pour des gens diftin-
gués, il voulut nous laiffer la premiere
place, & il nous pria de nous y affeoir.
P ndant que nous le preffions de s'y
mettre lui même, il s'éloignoit toûjours
de la table, & il proteftoit qu'il ne
foupperoit plûtôt point, que de nous
obéïr. Le malicieux FABRICIO, au
travers des grimaces cérémonieufes du
jeune badaut, s'apperçût à la fin que ce
qui les lui faifoit faire, étoit la peur de
prendre fans le fçavoir la place d'honneur qu'il ne connoiffoit point ; & il re-
folut de s'en divertir. Il continua donc

de fe défendre de fe mettre à table le premier, & ce conflit de civilités mutuelles dura fi long-temps, qu'enfin je les pouffai l'un & l'autre fur deux fauteuils.

Durant le foupper, PIANETTI nous dit cent chofes pleines d'efprit, & je crûs reconnoître en tous fes difcours des marques d'un bon naturel, qui me le firent aimer; mais FABRICIO qui fe faifoit un plaifir malin de le défoler, ne le laiffa pas manger tranquillement, & il me fit, fans que je fçuffe, fervir à fes mauvais deffeins. Il avoit remarqué que le jeune Génois croyoit qu'on avoit envie de fe mocquer de lui. Il n'en falut pas davantage, pour mettre FABRICIO en train de le faire effectivement. De temps en temps il me parloit à l'oreille, il me difoit des chofes plaifantes, & il rioit à gorge déployée en regardant PIANETTI. Celui-ci rougiffoit, baiffoit les yeux, avoit la mine inquiete, & ne fçavoit quelle pofture tenir. Mais l'impitoyable FABRICIO ne difcontinuoit point, & il le pouffoit cruellement. Enfin je m'apperçûs du trouble où le pauvre garçon étoit, & je priai FABRICIO de lui faire grace. Il le fit à ma confide-

ration , & par des honnêtetés particulieres, je remis l'efprit du malheureux
PIANETTI. Le refte de la foirée fe paffa
agréablement, & nous partîmes le lendemain pour Chiozza où nous décendî-
mes au Lion de S. Marc.

On nous mit à table avec trois Seigneurs Italiens, qui logeoient dans cette
maifon depuis un mois. La converfation
fut languiffante, & on ne parla que du
temps qu'il faifoit , des chemins & des
bandits. Sur la fin du repas, FABRICIO
gliffa quelques mots de la Poëfie Italienne. Deux de ces Seigneurs, à qui cette
matiere plaifoit apparemment, continuerent après lui , & bien-tôt nous parlâmes tous de vers. J'en ai quelques-uns,
dit mon ami, que vous verrez peut-être
volontiers, ils font d'un Genois que je
connois , jugez-en. Il les lut auffi-tôt
d'un ton emphatique & il en fit un long
éloge. Cependant tout le monde les
trouva pitoyables, & moi-même je me
mocquai de celui qui avoit été capable de
faire nn pareil galimathias. En effet c'é-
toit un ridicule amas de faux brillans,
d'épitetes fades, de defcriptions puéri-
les & de termes vuides de fens. Monfieur, dis je à PIANETTI, que penfez-

vous de ce magnifique Phœbus? Moi,
dit-il, que cela est détestable, abomi-
nable, qu'on ne fit jamais rien d'auffi
mauvais, d'auffi plat. Que l'Auteur en
devroit être foüetté aux quatre coins du
Parnaffe, & banni du facré Mont à per-
petuité.

Imaginez vous ce que deviendroit un
Poëte, à qui on diroit de pareilles
verités. Tel devint PIANETTI, il rougiffoit, le dépit étoit peint dans fes
yeux, en un mot il avoit fait la piece en
queftion, & FABRICIO la lui avoit vo-
lée fubtilement. Je ne commençai qu'a-
lors à foupçonner ce tour, & je fis fi bien
qu'on laiffa en repos le Poëte & les Vers.
Mais la bleffure étoit faite, PIANETTI
fe défioit toûjours de nous, & pendant
quatre jours, j'eus des peines infinies à
le tranquillifer; mais enfin j'y réüffis.

Six jours après, nous arrivâmes à
Venife, & nous voulûmes faluer l'oncle de PIANETTI. Mais nous ne le trouvâmes point, & nous ne parlâmes qu'à
Dona LUCRETIA fa fille, à laquelle fon
parent nous prefenta. Jamais je n'ai rien
vû au-deffus de la beauté de cette aimable perfonne, que la jufteffe de fon efprit & la droiture de fon cœur. J'en fus

charmé d'abord , & FABRICIO le fut
presque autant que moi.

Nous y retournâmes plusieurs jours
de suite , & l'absence du Pere nous en
facilita les moyens. Mais un jour que
nous y étions allés ; mon ami, pour l'entendre chanter , ce qu'elle faisoit comme un Ange ; & moi, uniquement pour
voir ses beaux yeux , car j'étois feru
d'elle sans le savoir, nous apprîmes
qu'elle étoit allée à CHIOZZA avec
Meſſer PAOLINO ſon Pere ; & nous re-
vinmes mal contens à l'aigle Couronné
où nous logions.

Cependant je m'informai particuliè-
ment de ce qui regardoit cette belle
Venitienne ; & l'on m'apprit que ſa
Mere étoit morte , qu'on vouloit la forcer d'épouſer un certain GIROLAMO
jeune homme riche , qu'elle n'aimoit
point , & qu'il devoit venir de Raguſe
dans deux mois. On ajoûta à cela , que
ce mariage-là paroiſſoit d'autant plus
certain, que le frere de GIROLAMO avoit
épouſé déja la sœur aînée de LUCRE-
TIA. Qu'il eſt aiſé à un Amant de ſe ſéduire par de chimeriques viſions ! Juſqu'alors je n'avois preſque oſé m'abandonner aux premiers tranſports que
j'avois

j'avois senti pour Dona LUCRETIA : outre cela j'avois craint de trouver un rival formidable à chasser de son esprit. Dès que je sçûs ces nouvelles, l'esperance entra dans mon cœur, & l'amour y entra avec l'esperance.

Une seule chose m'inquiétoit encore, mais elle m'inquiétoit beaucoup. Son pere étoit un de ces opiniâtres vieillards, qui ne démordroient pas pour tout l'or du monde, de ce qu'ils ont une fois résolu. Ils veulent une chose aujourd'huy, précisément par la raison qu'ils l'ont voulu hier ; & ils croyent qu'il est plus beau de s'entêter sans raison, que de changer avec raison. Celui-ci s'étoit fouré dans la tête que sa fille seroit Madame GIROLAMA, & il faloit qu'elle la fût. Ainsi, il n'oublioit rien pour cela, il la catéchisoit du matin au soir ; & il n'entroit non plus d'hommes chez lui, que dans le Temple de la bonne Déesse.

CHAP. VI.

Antonio arrive à Venise. Ses nouvelles
amours. Il attrape un Marchand
& un jeune homme.

JE sentois donc que sa maison étoit
inabordable, & je prévoyois que le
crédit du jeune PIANETTI ne me servi-
roit à rien. Le moyen pourtant de voir
Dona LUCRETIA, si ce pere jaloux s'y
opposoit; & le moyen de vivre, si je ne la
voyois pas! Voilà où j'en étois à son
retour, & tout habile que l'amour est,
il ne m'avoit encore fourni aucun expedient qui me plût. Enfin il m'en vint
un.

J'avois appris par une vielle qui avoit
l'entrée chez le vieux Marchand, qu'il
devoit le jour suivant, sortir avec sa
fille, & la mener aux Devineresses du
BROGLIO. On sçait que ces femmes pa-
roissent dans cette place au Carnaval ;
& que montées sur une escabelle, comme la Pithie sur le sacré Trepié, elles
vous mettent le bout d'un cornet de fer
blanc dans une oreille, & mettent leur

bouche dans l'autre bout. Alors elles
vous difent en feureté ce qu'elles jugent
bon, & elles ne font entenduës que de
ceux qui implorent leur fecours. Je réfolus de me mettre parmi elles, & de
dire la bonne avanture à Doña LUCRE-
TIA. Il ne faloit pour cela, qu'un habit.
La Vieille à qui je déclarai mon deffein
me le donna : elle alla enfuite me chercher de la couleur jaune, pour me peindre le vifage, & avec deux ducats, je
l'engageai à m'amener la belle Curieufe
de l'avenir.

Elle n'y manqua pas, & le lendemain
à fix heures du foir, je vis ma médiatrice
qui conduifoit le pere & la fille à mon
efcabeau. Je treffaillis de joye à la vûë
de cette aimable perfonne, & le trouble délicieux que je fentis, m'auroit trahi, fi mon habit de femme n'avoit écar-
té les foupçons. LUCRETIA parut la premiere, & elle me confulta pour badiner, fur le mari qu'elle auroit. Je
lui répondis par le tuyau, que fon
pere lui deftinoit un Marchand, mais
que le Ciel lui deftinoit un jeune Romain ; & pour preuve de ce que je dis,
ajoûtai-je, il viendra avant trois jours,
vous déclarer fes fentimens.

P ij

Le vieux Marchand vint enſuite, &
il m'interrogea ſur pluſieurs choſes auſ-
quelles je répondis ce que je voulus. A
la fin il me demanda, ſi le mariage qu'il
méditoit, pourroit réuſſir ? A cette
queſtion, j'affectai un grand embarras,
& je feignis de le regarder avec attention. Après ces grimaces perſuaſives, je
lui répondis, qu'il lui étoit inutile de
l'eſperer, & qu'un jeune Gentilhomme
qu'il ne connoiſſoit pas, le feroit changer de deſſein.

Après ce diſcours qui le ſatisfit peu,
il me donna de l'argent, & s'en alla. Je
voulus m'en aller auſſi ; mais F A B R I-
çio qui ne ſçavoit rien, ni de mon
amour, ni de mon déguiſement, vint
me demander ce que mon Diable m'a-
voit appris de lui. Je vis bien que le
drôle, qui n'étoit rien moins que crédule, avoit envie de ſe mocquer de la
Sorciere, & elle ſe mocqua du mocqueur. J'embouchai donc le tuyau *fati-*
dique, & je lui fis ce diſcours en des
termes dignes de ma nouvelle profeſſion.
» Toi, mon beau fils, lui dis-je, toi être
» Comte de nom, Comte comme moi.
» Toi courir le Pays, chercher les avan-
» tures avec un autre garçon, & les trou-

ver bonnes, quand il plaît à Dieu. Toi «
chercher à attraper ici des fots, & toi «
n'attrapper point & être attrapé. Il n'en «
demanda pas davantage, & il me jetta «
une piece d'argent au nez, d'un petit air «
dépité, qui me plut beaucoup. «

Comme vous voyez, j'aurois bien pû
finir ma journée par là, & elle auroit
été affez feconde en avantures pour moi.
Mais quand la fortune eft en train de fe
divertir, elle a de la peine à ceffer. Certain jeune homme m'avoit trouvé joli,
malgré le fard jaunâtre dont je m'étois
teint; & il m'avoit lorgné long-temps
malgré la prefence de la foule qui envi-
ronnoit mon efcabeau. Dès qu'il me vit
feul, il s'approcha de moi, & à l'aide
du tuyau, il m'apprit qu'il me prioit,
non de lui dire fa bonne avanture,
mais de la lui donner, & qu'il l'acheteroit
bien.

Les Sorcieres du B R O G L I O, pour
avoir commerce avec les ennemis des
hommes, ne haïffent pas l'humanité:
de plus, il m'avoit expofé des befoins d'u-
ne maniere fi touchante, qu'il auroit
attendri un *Diable* de vertu. Ainfi je me
crûs obligé en confcience, à ne pas écon-
duire ce pauvre Amant; & je lui dis de

P iij

me fuivre, mais de loin, afin que j'euffe
le temps de préparer ma mere à le recevoir. Il m'obéït, & je le menai chez
ma Vieille, à qui je fis part de mon
projet. Elle en rit & elle promit de m'aider. Elle n'y manqua pas, & dès que
le Galant Venitien fut arrivé, elle me
le prefenta. Voilà, me dit-elle d'un air
refpectueux, ce jeune homme que Madame m'a ordonné de lui amener. J'a-
vois eu le bonheur de trouver dans la
maifon de fort belles pianelles qu'elle
avoit achetées de la part de LUCRETIA;
je les avois mifes, & quand il entra, je
mettois mes jartieres, pour lui faire remarquer fur ma jambe un bas de foye
brodé d'or. Lorfque je le vis, je feignis
d'être fâché d'avoir paru en cet état;
& faifant briller à fes yeux un magnifique diamant que j'avois au doigt, je lui
fis ce difcours.

» Monfieur, lui dis-je, vous avez été
» trompé par mes habits, je ne fuis point
» ce que vous avez crû, & plût à Dieu
» que je la fuffe. Je vivrois dans l'obf-
» curité, & peut-être dans l'indigence;
» mais je jouirois de la tranquillité que
» l'amour me ravit. Vous avez fant dou-
» te entendu parler du Seigneur GERO-

NIMO GIUSTINIANO de GENES. Je suis «
sa fille, & j'étois destinée à épouser l'he-«
ritier de la maison des FRANZONI. La «
volonté de nos pères avoit formé les «
nœuds de cette alliance, l'amour avoit «
été d'intelligence avec nos Pères, & «
l'Himen étoit près de serrer ces nœuds. «
Une jeune Venitienne les a rompus. «
Don CARLO FRANZONE a oublié son «
devoir, & il l'a suivie ici. J'ai suivi «
secretement Don CARLO, & l'argent «
que j'ai répandu, m'a fait pénétrer «
leurs secrets. Enfin j'appris hier, qu'ils «
devoient aujourd'hui consulter les de-«
vineresses du BROGLIO. Je me suis «
mise parmi ces femmes, comme «
vous avez vû: mon but étoit de leur «
inspirer par mes prédictions des dé-«
fiances réciproques, & j'avois obte-«
nu d'une femme de ma rivale, qu'elle «
me l'ameneroit avec mon Amant. «
Mais ils ne sont point venus, & je «
viens d'apprendre par cette vieille, «
que sous prétexte d'aller au BROGLIO, «
elle est allée avec son indigne Galant «
à RIPA. Je ne sçay, Monsieur, ce que «
vous penserez de la foiblesse que je «
vais vous montrer, mais je crois que «
vous en aurez pitié. Oui, Monsieur, «

» je ne suis plus maîtresse de moi, & je
» veux me vanger de mon perfide CAR-
» LO. Dès que je vous ai vû, je vous
» ai regardé comme celui qui devoit
» m'aider. Me tromperois-je ? Je
» compte que non, & vous pouvez
» compter vous, si vous m'immolez
» mes ennemis, sur la plus précieuse
» récompense qu'une fille comme moi
» puisse accorder.

Pendant ce discours, le Venitien qui
n'étoit brave qu'en Venitien n'avoit pû
dissimuler la répugnance qu'il avoit à
punir FRANZONE. Je m'en apperçûs &
j'en fus ravi. Cependant je dissipai sa
frayeur, en l'assurant que FRANZONE
étoit sans armes, & qu'il en viendroit
aisément à bout. Ensuite je lui peignis
un homme tel qu'il me plût, certain qu'il
n'en trouveroit point un, tel que je lui
peignois ; & je le vis partir, & repasser
un instant après, avec un cheval qu'il
avoit pris chez lui.

Je partis aussi-tôt moi-même, & j'allai retrouver FABRICIO qui m'attendoit
impatiemment. Je me mis à table avec
lui, & nous soupâmes, sans qu'il parlât
beaucoup. Mais je me doutai bien qu'il
en avoit envie & qu'il n'osoit, de peur

de s'attirer des railleries de moi. Je crûs
donc devoir commencer, pour le mettre
en train, & je lui dis que j'avois eu la
curiofité de confulter une des devine-
refles du BROGLIO ; & qu'elle m'avoit
dit de moi-même des chofes que nous
deux feuls fçavions. Parbleu, dit FABRI-
CIO, je l'ai confultée auffi, & elle m'a
étonné par fa pénétration! mais que vous
a-t'elle dit ? Je lui rapportai là-deffus à
peu près les mêmes paroles dont je m'é-
tois fervi, & je mis FABRICIO dans un
étonnement plus grand encore que le
premier. ANTONIO, me dit-il, il n'eft
pas poffible que cette coquine ait deviné
tout cela : on m'a trompé. Mais qui pour-
roit-ce être ? je n'y conçois rien. Moi,
lui dis je d'un air froid, je m'étois dé-
guifé ainfi pour me divertir des curieux,
& vous m'en avez donné une occafion
que je n'attendois pas.

Quoiqu'il me parut m'écontent de ce
tour, je ne laiffai pas de lui rapporter
celui que j'avois fait à mon Amant, &
je lui communiquai les moyens que
j'avois de l'achever, il fe confo'a de
voir que j'en avois duppé d'autres que
lui, ; car il m'offrit fon fecours,
& nous montâmes d'abord à che-

val, pour aller trouver le vangeur de la
Signora GIUSTINIANA. Il étoit encore
caché derriere des arbres sur le chemin
de RIPA, où il trembloit de froid & de
crainte ; & je crois qu'il y prioit Dieu
en son cœur, de l'exempter de la vision
du terrible FRANZONE. Mais c'étoit
en vain, & les efforts qu'il fit pour fuir,
quand il nous entendit l'appeller, ne
lui servirent gueres plus. Nous l'attra-
pâmes en un instant, & FABRICIO, en
lui appuyant un pistolet vuide sur la tête, lui demanda ce qu'il faisoit là, &
s'il n'étoit pas le Ministre de la vangeance de la Signora GIUSTINIANA. Jamais le pacifique Venitien ne s'étoit
trouvé à pareille Fête, & il jugea que le
meilleur pour lui, étoit d'avoüer tout.
Il avoüa donc la commission dont on
l'avoit chargé ; & il protesta qu'il l'a-
voit prise à regret, & pour ne pas donner mauvaise opinion de son courage à
la fille du Seigneur GIUSTINIANO : Mais
qu'il n'auroit jamais attaqué le Signor
FRANZONE.

FABRICIO feignit de se satisfaire de
cette raison, & il lui permit de retourner à Venise, à condition de ne retourner jamais chez la cruelle Signora, qu'il

lui défendit de voir, fous peine de la vie. Nous reprîmes enfuite la route de Venife, & nous laiffâmes le pauvre Venitien, qui nous fuivoit à petit pas, rentrer chez lui.

CHAP. VII.

Double bonheur de Don Antonio. Son avanture avec une Dame inconnuë. L'agréable fuite qu'elle a.

DEux jours après, FABRICIO & moi, nous allâmes voir le peie de Dona LUCRETIA, en qualité d'amis de PIANETTI. Comme fon Neveu lui avoit dit qui nous étions, il nous traita un peu mieux qu'il n'auroit fait ; & je m'apperçûs même, qu'il me diftingua autant par fes honnêtetés, que je me diftinguai par celles que je lui fis. Cependant nous ne vîmes point fa fille, & nous n'ofâmes pas lui demander à la voir. Avec tout cela, je fus content de ma vifite, & je crûs avoir affez gagné, de n'avoir point été rebuté par ce Bouru. Je refolus donc de continuer à lui rendre des devoirs, & de ne ménager aucan

argent, pour faire connoître ma paſſion
à ſon aimable fille. Juſtement j'en avois
gagné beaucoup au jeu le jour précédent, ainſi il ne me coûtoit rien.

Il ne me manquoit plus qu'un prétexte plauſible de rendre des viſites à
l'incommode vieillard, & la connoiſſance que j'avois faite avec PIANETTI,
en fut un pour moi. J'allois donc aſſez
ſouvent viſiter le neveu ; je le trouvois
toûjours avec ſon Oncle, & l'un & l'autre, me traitoient d'une maniere pleine
de civilité. Je ne ſçais ſi la prédiction
opera dans la ſuite ; mais bien tôt je les
vis changer à mon égard, & me témoigner tous les deux une tendre amitié.
Cependant je craignis de la perdre, ſi je
parlois de Doña LUCRETIA ; & j'aimai
mieux attendre de la fortune, une occaſion favorable de faire connoître ma
paſſion, que de m'expoſer en la cher-
chant, à ne la rencontrer jamais.

Quelque temps après, un valet que
j'avois pris à Veniſe, & qui me ſervoit
d'eſpion, vint m'apprendre que Lu-
CRETIA étoit ſeule au logis. J'y volai
d'abord, & j'eus le bonheur de me voir
près de cette aimable fille. Mais ce penſa être tout. Je fus ſaiſi à ſa vûë : je vou-

las parler, & la honte que je fentois de la tromper par un faux recit de ce que j'étois, m'en empêcha long-temps. L'amour l'emporta à la fin, & je lui découvris en tremblant celui qu'elle m'avoit infpiré. J'ajoutai en rougiffant mille fois, que j'étois d'une condition élevée, que mon pere autoriferoit ce que je faifois, & que le fien ne le défavoüeroit pas : qu'il avoit déja conçû pour moi, une tendreffe qui me répondoit de fon confentement, & que je ne craignois plus que le refus qu'elle me feroit du fien.

Quand on dit bien les chofes, on eft fûr de toucher, & quand on aime, on les dit bien. LUCRETIA ne parut pas mécontente de ma déclaration, & elle m'affura même qu'elle ne s'oppoferoit jamais à mon bonheur. Elle me laiffa après m'avoir dit cela, & je retournai chez FABRICIO, bien plus leger que je n'en étois forti Car une déclaration à faire, pefe beaucoup.

Lorfque j'entrai, il joüoit avec deux Marchands CALABROIS, & cent piftoles qu'il avoit perduës déja, le mettoient de mauvaife humeur. Je pris fon jeu, la chance tourna en un inftant, & je me

vis trois cens piftoles de gain, à la fin du
jour. Le bonheur avec lequel je venois
de joüer m'encouragea : je voulus continuer ; mais ils ne le voulurent point,
& je fus obligé de me contenter de mon
gain.

L'amour ne me fut pas moins favorable que le jeu ; & j'eus le plaisir de voir
presque tous les jours à l'Eglise Dona
Lucretia , & de trouver Paolino
son pere toûjours également charmé de
moi. Je profitai de ces dispositions où il
étoit , pour continuer mon commerce
avec Pianetti ; & je fis à ce jeune homme un aveu naturel de ma passion pour sa
belle Cousine. Il me témoigna qu'il en
étoit ravi,& qu'il n'oublieroit rien pour
me servir auprès d'elle. Dès le soir
même , il lui parla, comme il me l'avoit
promis, il en parla encore à une de ses
tantes ; & il leur dit tant de bien de moi,
qu'il les détermina l'une & l'autre à se
déclarer en ma faveur.

Quinze jours après, je reçus une Lettre d'une Dame inconnuë, qui m'invi-
toit à l'aller voir sur les neuf heures du
soir. Je montrai d'abord la Lettre à
Fabricio , & je lui demandai ce qu'il
me conseilloit de faire dans cette occa-

sion. Ceci sent l'avanture, me dit-il, «
& je crains que vous ne trouviez à Ve- «
nise quelque CLARA DORIA, qui se «
métamorphose à la fin en Signora THO- «
MASELLI. Cependant je n'écoutay «
point cet avis, je pris mon épée, un
poignard & mon valet avec moi; & avec
cette Compagnie je me crûs en sûreté,
& je me rendis à l'assignation.

La Dame qui m'y attendoit, avoit
assés de jeunesse, beaucoup de beauté,
& plus d'esprit encore que de jeunesse
& de beauté. Un négligé plein d'art donnoit à tous ses traits une langueur touchante, & enfin elle sembloit faite pour
être aimée & pour aimer. Mais si sa personne me suprit, le discours qu'elle me
tint, me surprit bien plus. Monsieur, «
me dit-elle, ce que je viens de faire «
pourroit être mal interprété; ainsi je «
dois le justifier d'abord; car je serois «
au désespoir qu'une personne que j'es- «
time autant que vous, eût des raisons «
de me mépriser. Sçachez donc, ajoû- «
ta-t'elle, que je suis Veuve d'un noble «
Venitien, & que des biens assez con- «
sidérables que je possede, me mettent «
en état de me choisir un époux à mon «
gré. Après vous avoir vû, je me suis «

» informée exactement de vous , je vous
» ai trouvé tel. Voyez maintenant si une
» alliance entre nos deux maisons,pour-
» roit faire votre bonheur , comme elle
» feroit le mien.

Je vous avoüe que je n'avois pas prévû, qu'un pareil rendez-vous, dût se ter-
miner ainsi ; & je fus si étonné de cette
Harangue, que je ne songeois pas à répondre à celle qui me la faisoit. Cependant je revins de ma surprise, mais je
retombai dans un nouvel embarras. Je
ne sçavois si l'on ne vouloit pas se mocquer de moi : supposé qu'on parlât sincerement , je faisois ma fortune en ac-
ceptant ces offres flateuses , mais je perdois LUCRETIA : enfin je ne pouvois me
résoudre à dire à une Dame si digne de
la passion d'un honnête homme, qu'une
autre qu'elle , m'avoit touché.

Elle s'apperçût des differentes pensées
qui m'agitoient , & elle me demanda
d'un air indigné , si je tarderois encore
à me déterminer. Non , Madame ,
lui dis je, je le suis déja par une personne , qui seule dans l'Univers peut
me rendre excusable, de ne pas profiter du bonheur que vous me presen-
fez. En un mot , j'aime LUCRETIA.
                              Aimez

Aimez la donc, me dit-elle, dites-le «
lui, je ne m'y opposerai pas. Un «
Amant tel que vous se perd sans re- «
gret. «

A peine eut-elle achevé ces mots,
qu'elle sonna, & Lucretia entra dans
l'appartement où nous étions. Tenez,
ma belle niece, lui dit la Dame en riant,
voilà votre amant que j'ai voulu débaucher ; mais il a triomphé de mes
efforts, ou plûtôt vos charmes ont
triomphé des miens. Je vous le rends
adieu. En même temps elle se retira dans un autre appartement, &
je demeurai avec Lucretia.
La joye brilloit dans les yeux de cette
aimable personne, & je sentois qu'elle
me sçavoit bon gré, d'avoir resisté à l'é-
preuve, où elle m'avoit mis de concert
avec sa tante. Jugez quel plaisir je gou-
tois, à la vuë de celui que ma Maîtresse
ne pouvoit dissimuler. Je lui disois les
choses les plus tendres, je baisois ses
mains, elle ne s'y opposoit qu'à demi ;
& la tendresse de ses regards m'assuroit
qu'elle ne s'y opposoit que par pudeur.

Enfin, il falut nous separer ; la Tante
vint nous interrompre, en nous assurant
qu'elle travailleroit auprès du Pere de

Q

LUCRETIA pour nous, & je me retirai
à notre Auberge à près de minuit. Dès
que FABRICIO me vit de retour, il me
demanda ce qui venoit de m'arriver, &
fi on m'avoit ôté la bourſe, ou bien ſi
l'on s'étoit contenté du cœur. Oüi, lui
dis-je, on s'en cſt contenté, mais j'aurois
donné la bourſe encore, ſi l'on avoit voulu l'exiger. Je lui racontai enſuite mon
amour dont je lui avois fait un myſtere,
& j'eus la joie de voir qu'il l'approu-
voir.

Je retournai le lendemain chez l'offi-
cieuſe Tante. Mais on me dit qu'elle
étoit allée remener LUCRETIA, qui avoit
couché chez elle, & qu'elle m'attendoit
chez le vieux PAOLINO. Auſſitôt que j'y
fus entré, elle vint audevant de moi, &
elle m'annonça que tout réuſſiſſoit au gré
de mes vœux. PIANETTI me dit la même
choſe en m'embraſſant, & le Vieillard ne
m'apprit plus rien de nouveau, quand il
me dit que la recherche que je faiſois de
ſa Fille, lui faiſoit également honneur
& plaiſir. Je lui répondis dans les termes qu'une ſincere reconnoiſſance infpire ; mais je lui fis encore mieux voir
par mes tranſports, de quelle joie j'étois
ſaiſi.

CHAP. VIII.

Générosité d'Antonio. Sa Fortune chan-
ge. Le désespoir où il est. Il part
pour Raguse.

IL faloit pour cela, obtenir du Comte
MASSIMO, dont je métois dit le Fils,
un consentement au mariage que je pro-
jettois. C'étoit ce qui faisoit mon inquiétude, je la communiquai à FABRI-
CIO, & je le priai de m'en tirer. Il demeura embarrassé à ce compliment, & il
me parut incertain de ce qu'il me répon-
droit. Effectivement la chose en valoit la
peine, & il s'agissoit, pour conclure mon
affaire, de contrefaire un faux consentement. Cette mauvaise foi lui répu-
gnoit. Cependant l'amitié qu'il avoit
pour moi, le détermina à hazarder ce
coup, qu'il n'auroit peut-être pas fait
pour lui. Dans l'instant même il mit la
main à l'œuvre, fit écrire des Lettres,
& disposa tout pour les faire recevoir
du Pere de LUCRETIA.

Mais je pensai gâter moi-même les
mesures que ce généreux ami avoit pri-

ſes pour moi ; & la honte que jeus de tromper une jeune Demoiſelle qui le méritoit ſi peu, me fit réſoudre à lui avoüer tout. Je trouvai un jour l'occaſion de lui parler ſans témoins, & j'en profitai pour lui découvrir ma naiſſance. Ellè fut ſurpriſe de cet aveu ; mais elle le fut plus encore de ma généroſité. Elle la toucha, & au lieu de concevoïr du mépris pour un homme qui avoit voulu preſque la tromper, elle n'eut que de l'eſtime pour ma ſincerité. Elle me le témoigna dans l'inſtant par des promeſſes réiterées, qu'elle ne changeroit pas, quoique j'euſſe changé de condition ; & je ſuis perſuadé qu'elle diſoit la verité, & que je l'aurois épouſée, ſi un accident imprévû ne s'y étoit oppoſé : car ſon Pere n'en ſçavoir rien, & elle ne lui en auroit rien declaré.

Un jour que j'étois chez lui, un Domeſtique du Comte RAPHAELI y vint. Je ne le vis point, mais il me vit, & je fus ruiné. La ſurpriſe que cet homme témoigna en m'appercevant, en cauſa à PAOLINO ; & le ſoupçonneux Vieillard ne put s'empêcher de lui demander s'il me connoiſſoit : Sans doute, répondit ce- " lui-ci, il s'appelle Don ANTONIO DE

BUFFALIS; il eſt d'une Famille con- «
ſiderable de Milan, & il a quitté ſa «
Maiſon depuis environ dix-huit mois. «
Il joignit à ce récit, celui des avantures
que j'avois euës, & il mit mon prétendu
Beaupere dans un étonnement qu'on ne
peut exprimer. Cependant il ſçut le diſ-
ſimuler, & perſonne ne s'apperçut des
mouvemens qui l'agitoient.

Le lendemain je retournai chez lui, il
m'embraſſa à l'ordinaire, & je lui vis
toujours un viſage riant. Pendant quinze
jours encore, il me traita de la maniere
du monde la plus tendre ; & j'auɾois été
la victime de la vengeance qu'il méditoit,
ſans une Lettre que LUCRETIA me donna, ſans qu'on la vit. Elle me marquoit
que ma condition n'étoit plus ignorée de
PAOLINO, qu'il avoit découvert tout,
par le moïen d'un Page du Comte RA-
PHAELI ; & qu'elle-même avoit découvert ce ſecret par une Lettre de ſon Pere
à GIROLAMO, qu'elle avoit trouvée
par hazard. Elle ajoûtoit ces mots.
Le Frere de GIROLAMO qui a épouſé «
ma Sœur, doit bientôt venir ici avec «
elle, & je ne doute point qu'ils n'y «
viennent preſſer votre malheur & le «
mien ; & elle finiſſoit par un long dé- «

tail des mesures que Messer P A O L I N O
prenoit avec mon Rival, pour me punir.
Jugez de ce que je devois sentir à la vûe
d'un pareil Billet: j'y apprenois que je
perdois ma Maîtresse & l'honneur: j'y
voyois que le perfide P A O L I N O, après
m'avoir ravi L U C R E T I A, le jour destiné
à mon mariage, me livreroit à la Justice
en qualité d'Imposteur; & qu'il ne me
cachoit jusques là son chagrin, que pour
avoir mes fausses attestations en main,
& me faire tomber dans le piége qu'il
me préparoit. Enfin, j'éprouvois tout à
la fois, les maux que cause la douleur
d'être privé d'une Personne qu'on aime,
l'envie de se vanger d'un traître que l'on
hait; le dépit d'avoir été trompé, & la
crainte d'être deshonoré par un Arrêt
infamant.

A la fin, je résolus de dissimuler à mon
tour avec P A O L I N O, de joüer ce traître
comme il me joüoit, & d'aller à Raguse
me battre avec l'illustre Gendre qu'il
vouloit associer à la vengeance qu'il méditoit. Mais avant tout, je brûlai les
Lettres feintes du Comte M A S S I M O,
dont j'avois eu dessein de le leurrer, &
j'en fis une au nom de ma Mere. La piece est curieuse. La voici.

MON FILS,

Après les foins que j'ai pris de vous «
donner une belle éducation, & la ma- «
niere dont vous y avez répondu tou- «
jours, j'attendois une autre récom- «
penfe de vous ; & je ne m'étois point «
préparée à la honteufe conduite que «
vous tenez maintenant. Mais je veux «
bien vous épargner les reproches que «
mérite votre action ; & quelque def- «
honneur dont me couvre un Fils tel «
que vous, je fens encore que je fuis «
votre Mere, & je veux vous montrer «
que je le fens. Venez donc, mon Fils, «
méritez le pardon que je fuis prête à «
vous accorder : confolez une Mere «
tendre que vous accablez de chagrin, «
& fi vous n'êtes pas marié avec la Fille «
du Seigneur PAOLINO, comme on «
m'a dit, accourez pour recevoir de ma »
main, une Epoufe plus digne de vous «
& de LUCILLA votre Mere. «

Dès que j'eus ce Billet, qu'une femme de mes amies m'avoit fait, je courus
chez PAOLINO, pour qui je l'avois fabri-
quée. Je lui avoüai d'abord que je n'é-
tois pas Fils du Comte MASSIMO, & je

lui demandai pardon de cette fourberie,
que l'amour m'avoit inspirée, & dont je
rougiſſois. Après cela, je lui racontai
mon Hiſtoire, comme ſi je n'avois pas
ſçû qu'il la ſçavoit; & je lui montrai la
prétenduë Lettre de Dona LucILLA,
qui me rappelloit. Je fis cette fauſſe confidence avec un air de ſincerité, qui trompa le fin Vieillard; & il y répondit avec
un air de ſurpriſe & de bonté pour moi,
qui ne me trompa nullement. Mais la ré-
ſolution que je lui marquai d'obéir à ma
Mere, quoi qu'il en coûtât à mon cœur,
acheva de le faire donner dans le panneau; & il crut qu'il faloit que je fuſſe
effectivement déterminé à rentrer chez
mes Parens, puiſque je renonçois à la
poſſeſſion de LucRETIA.

C'étoit ce que je ſouhaitois fort qu'il
ſe perſuadât; car il auroit pû renverſer
ce que je méditois contre lui, s'il m'a-
voit ſoupçonné de vouloir le duper. Je
lui dis enſuite adieu, je me ſeparai de
ſon aimable Fille en pleurant; & je retournai à l'Auberge, où j'écrivis deux
Lettres, l'une pour elle, & l'autre pour
FABRICIO. Je marquois à l'un & à
l'autre les mêmes choſes à peu près, &
je leur promettois d'être bien-tôt de retour.

tour. J'ajoûtois dans celle qui étoit adreſſée à LUCRETIA, que j'allois travailler à rompre mon mariage à Rome, & le ſien avec GIROLAMO; & qu'en moins de trois mois, elle verroit par ce que j'aurois fait, que perſonne au monde ne l'aimoit plus que moi. Je cachetai à l'inſtant ce Billet, que je lui fis rendre en ſecret par la bonne femme qui m'avoit déja ſervi. Je mis enſuite l'autre ſur la table; & après avoir pris quatre cens ducats qui m'appartenoient, deux diamans que j'avois gagnés la veille à un Noble Venitien, & deux Piſtolets de poche qui ne m'abandonnoient jamais, je pris la route de Malamocco. J'eus le bonheur d'y trouver un Vaiſſeau prêt à mettre à la voile, je m'y embarquai, & nous partîmes deux heures après.

I

CHAP. IX.

Métamorphose inopinée du Capitaine qui conduisoit Antonio.

J'AI déja dit que j'avois dessein d'aller trouver GIROLAMO qui m'enlevoit ma chere LUCRETIA, de l'appeller en duel, & de le forcer à renoncer à ses prétentions, ou à la vie. Il faloit être aussi amoureux que je l'étois, pour être aussi fou. GIROLAMO pouvoit avoir l'avantage sur moi, que j'esperois sur lui. Quand j'aurois été le plus fort, il auroit fait peu de cas d'une promesse arrachée par la force. Il auroit même pû me faire mettre en prison, ou me faire assassiner, & enfin, quand rien de tout cela n'auroit été, mon mariage prétendu avec LUCRETIA, ou n'auroit pas été conclû, ou il auroit été bien-tôt rompu par ses parens, ou par les miens. Cependant je m'applaudissois de ce projet ridicule, & nòtre Navire, qui étoit un excellent voilier, me paroissoit encore trop lent. Mais pour fatiguer mon impatience naturelle, le lendemain de notre départ, le vent devint contraire, & nous ne fîmes que louvoïer deux jours entiers.

Pendant ce tems-là, je liai connoiſſance avec le Capitaine de notre Vaiſſeau. C'étoit un homme de vingt-huit ans, bien fait, ſpirituel, brave, d'une politeſſe rare parmi des Officiers de Marine, & d'une érudition peu commune parmi toutes ſortes d'Officiers. Enfin on ne pouvoit trouver tant de belles qualités, que dans un Heros de Roman, ou dans lui ; & je ne me ſerois jamais ennuïé avec lui, s'il avoit été poſſible que je ne m'ennuïaſſe pas.

Le même bonheur qui m'avoit procuré l'amitié de ce galant homme, lui procura la vie. Le ſecond jour de la Navigation, j'étois couché dans la chambre de poupe, & en loïal Amant, j'avois les yeux ouverts, & je penſois à la belle LUCRETIA. Tout d'un coup j'entendis ouvrir une porte, & des gens avancer à petit bruit. Là mes meditations amoureuſes finirent, je ne ſongeai qu'à conſerver ma précieuſe bourſe, & je pris doucement mes piſtolets, que j'avois mis à côté de moi. Heureuſement j'étois dans un endroit obſcur, & la Lune brilloit ſur mes prétendus voleurs. Cela fut

R ij

cause que j'apperçus leurs armes, & que
je me doutai de leur funeste dessein. Je
criai d'abord au meurtré, & en même
temps je lâchai deux bales, qui coucherent leur homme sur le carreau. Le Capitaine se saisit de son épée, & les assas-
sins sortirent précipitamment. Mais ils
n'allerent pas loin, & les Soldats en arrêterent deux qui se mêloient dans la
foule, tandis que le troisiéme se jetta
dans la mer, où il fut englouti dans
l'instant. On assembla à la hâte les premiers Officiers, ils firent le procès des
deux malheureux ; & en moins d'une
heure, ils firent le crime, furent pris,
convaincus, & noïés.

Ce service m'attira de nouvelles marques d'amitié du Capitaine, & les honnêtetés particulières qu'il me fit, m'engagerent à lui découvrir ce que je méditois. Il s'engagea lui-même à m'y servir, & il me dit qu'il en avoit un moïen
sûr. Je lui demandai ce que c'étoit, mais
il ne voulut pas me l'avoüer, & il m'as-
sura seulement, qu'il mettroit mon
homme en état de ne m'incommoder de
long-temps.

Lorsque nous fûmes arrivés à Raguse,
il me mena loger avec lui ; & il me pria

de ne me point montrer, & d'attendre
ma vengeance de lui seul. J'étois si persuadé de sa probité, que je ne pus m'imaginer qu'il dût en agir mal. Ainsi je
me reposai entierement sur sa parole,
& je demeurai caché, tandis qu'il fit
dans la Ville tout ce qui l'y avoit appellé. La veille de notre départ, il me
ramena au Vaisseau, & il me dit en y
arrivant que j'aurois bonne compagnie
le soir, & qu'il me donneroit un régal
délicieux. Effectivement je remarquai
qu'on préparoit tout pour un superbe soupé, que l'on ornoit un Buffet
magnifique, & que le Maître d'Hôtel
couvroit déja une grande table dans la
chambre de Poupe. Tous les Canons de
notre bord paroissoient, un nombre
prodigieux de flames réjoüissoit la vûë,
& la joie regnoit d'avance parmi les
Matelots & les Soldats.

Sur le soir, plusieurs Negocians Venitiens qui étoient établis à Raguse, arriverent dans de magnifiques Chaloupes,
& ils vinrent saluer le Capitaine, qui
les attendoit avec plus d'impatience encore que moi, quoique j'y eusse interêt
aussi. Après les complimens mutuels
qu'il fit & qu'il reçut, il me tira à quar-

R iij

nier, & il m'avertit que le Signór Gi-
ROLAMO étoit des nôtres, & que j'en
ferois le maître bien-tôt. Mais je ne
vous le montrerai pas me dit-il, car
vous voudriez peut-être faire le mauvais, & je ne veux pas que vous le faf-
fiez. Ainfi foupez en repos, & laiffez
foup. r le pauvre garçon, après cela je
ne m'oppofe plus à rien. En même temps
il me quitta, & il alla retrouver fes nouveaux convives, qu'il regala d'une falve
de tout fon Canon.

On fe mit enfuite à table, & nous
fûmes fervis avec une délicateffe exqui-
fe. Une Mufique guerriere, que le bruit
des Canóns interrompoit de temps en
temps ; une illumination fuperbe, & un
beau feu d'artifice, acheverent d'infpirer la joie par tout, & je paffai la plus
agréable nuit, ou du moins la plus
agréable foirée ; car il nétoit qu'onze
heures lorfqu'une certaine liqueur que
j'avois bûë, m'obligea de me coucher.

Le lendemain, je ne me révellai qu'à
neuf heures du matin, & je me vis avec
la derniere furprife en pleine mer, & environné de Soldats Turcs qui fembloient
fe préparer au Combat. Je jettai à l'inftant les yeux fur l'eau, & je vis deux

gros Vaiſſeaux qui venoient à force de voiles ſur nous , & qui nous lâcherent d'abord deux bordées, chacune de trente Canons.

Quand on n'a jamais vû le ſpectacle effraiant d'un Combat de mer , il eſt permis d'en être étonné. Auſſi le fus-je un peu de temps , mais je me remis, & apparemment la vigueur que témoi-gnoient les Turcs, m'en inſpira auſſi. Quoiqu'il en ſoit , notre Vaiſſeau fit un feu continuel ; le vent le favoriſa , & la legereté merveilleuſe avec laquelle il ſe tournoit, lui donna un avantage conſi-derable. Enfin, les deux Vaiſſeaux qui paroiſſoient en mauvais état , s'éloigne-rent un peu du nôtre ; les Turcs em-ployerent cet intervale à réparer leurs forces & leurs Navires, & je me ſervis de l'occaſion, pour parler au Capitaine Turc.

C'étoit celui qui m'avoit conduit à Raguſe, & je ne l'aurois reconnu qu'a-vec peine ſous ſon Turban, ſi je ne l'a-vois pas remarqué pendant le combat, où il fit paroître une intrepidité éton-nante. Seigneur, lui dis-je, que vois-je ? par quel prodige êtes-vous devenu Turc ? que ſont devenus les Convives d'hier, & pourquoi des Venitiens nous

R iiij

» attaquent-ils aujourd'hui ? Vous m'en
» demandez beaucoup, me dit-il, ce-
» pendant je vous satisferai en peu de
» mots. Le Navire où vous êtes m'ap-
» partient, & est Turc, ainsi il n'est ar-
» rivé en nous aucun changement. Ceux
» qui ont soupé hier ici, y sont encore,
» & c'est pour les arracher de nos mains,
» que ces Vaisseaux Ragusiens sont venus.
  Et moi, lui dis-je, suis-je Esclave ?
» Non, me répondit-il, vous êtes libre,
» & je suis votre Ami CODGI HUSSEYN.
» Je vous en donnerai des marques
» bien-tôt, & je vous en apprendrai da-
» vantage. En attendant, je vais tâcher
» d'enlever les deux Galéasses enne-
» mies.

  A sa valeur & à son nom, je reconnus
ce terrible Corsaire dont j'avois entendu cent fois raconter des actions inoüies.
Je ne sçais quel caractere magique a la
Vertu, qui la fait aimer par tout. Mais
je ne pus m'empêcher d'admirer celle de
cet ennemi des Chrétiens, & lors même
que je plaignois le triste sort des Ragusiens, je ne fus pas le maître de lui refuser des loüanges.

  En même temps, il alla donner ses
ordres par tout, & vers le soir il attei-

gnit ses ennemis, qui ne s'attendoient
pas à cette nouvelle charge, & qui ne la
pouvoient soûtenir. La première atta-
que n'étoit rien au prix de celle-ci. La
nuit qui arriva presque aussi-tôt, une
tempête qui commença à s'élever, & le
désespoir des Chrétiens, tout redoubla
l'horreur de ce spectacle affreux par lui-
même. Enfin les Turcs remporterent
une victoire complette, ils prirent un
Vaisseau, & coulerent l'autre à fonds.
Après la Bataille, on fit descendre les
Ragusiens au fond de cale de leur Navire, & on les désarma tous. On tra-
vailla ensuite à y raccommoder les bré-
ches de notre Canon, on fit la même
chose dans le nôtre; & HUSSEYN mit
tous ses soins à les conserver tous deux.
Cependant la tempête devenoit plus
forte, & il étoit également dangereux,
de demeurer en pleine mer, ou de
chercher un Port. Enfin, au bout de
trois jours, le Ciel s'éclaircit, & le
vent diminua. Mais le Navire où nous
étions étoit endommagé, & nous n'arrivâmes qu'après des inquiétudes continuelles à Alger, où le Capitaine mit sa
prise à couvert. Elle étoit composée de
vingt-deux Venitiens, de soixante-six

hommes d'équipage Ragufiens, & d'un Vaiffeau. Tous les prifonniers furent mis à la chaîne, & on les vendit dans le grand Bazar; & le Navire qu'ils avoient monté, fut équippé en courfe. Ainfi H u s-s e y n gagna une fomme immenfe en moins d'un mois & demi.

Dès que ces chofes qui l'avoient occupé furent faites, il vint me prendre dans le Carvanfera où il m'avoit logé, & il me mena à une Maifon magnifique qu'il avoit bâtie à quatre milles d'Alger. Lorfque nous fûmes dans cet endroit où mon Conducteur avoit réuni les délices & le bon goût des Palais Italiens avec la magnificence ordinaire chez les Barbares, il me demanda en riant, ce que je penfois de lui. Moi, lui dis je, Je vous trouve tantôt Italien, tantôt Turc, mais toujours le plus honnête homme du monde. Au refte, ni ce que vous m'avez déja dit, ni ce que j'ai vû de mes propres yeux, rien ne m'éclaircit affez fur la conduite que vous avez tenuë avec les Venitiens.

» Je vais vous en éclaircir, me dit-il, » & je l'aurois déja fait, fi le danger » extrême que couroient nos deux Vaif- » feaux, & la crainte continuelle où

nous étions des Chrétiens, m'en «
avoient laissé le temps. Il y a un mois «
que j'arrivai à Venise, où mon dessein «
étoit d'enlever un Sénateur distingué. «
Pour y réussir, je contrefis de fausses «
Commissions du GRAND DUC; je «
ne mis dans mon Vaisseau que des Ma- «
telots Italiens, & tout le monde fut «
trompé par ces belles apparences. En- «
fin, je vins à bout de ce que j'avois «
projetté, & la nuit qui préceda notre «
départ, six de mes gens trouverent «
mon homme au sortir de chez une «
certaine Grecque qui m'en avoit aver- «
ti. Ils ne perdirent point de temps, & «
après lui avoir fermé la bouche, ils «
l'amenerent à bord sans bruit, & je le «
fis charger de fers. «

Comme j'avois permission de sortir, «
je me disposai dans l'instant à mettre «
à la voile, mais le mauvais temps m'en «
empêcha. Vous vintes pendant ce «
temps-là, le vent étoit changé, & nous «
allions partir. Cependant je vous re- «
çûs, parce que votre prise me paroîs- «
sois bonne. «

Le lendemain vous me sauvâtes la «
vie, que trois Soldats & un Officier «
avoient résolu de m'ôter. Comme vous «

» n'avez pas sçû ce qui se passa alors ; je
» vous dirai que ces scelerats avoient été
» gagnés par le Sénateur que je vous ai
» dit, & qu'ils devoient me tuer. En-
» suite ils l'auroient délivré, mis à leur
» tête ; & à force de belles promesses,
» on auroit engagé les autres à lui obéir,
» ou bien les Passagers Venitiens, auf-
» quels on auroit donné des Armes, les
» y auroient obligés. Quand j'eus dé-
» couvert cette conspiration, j'en fis
» noïer les Auteurs, de peur qu'on ne
» sçût par leur moïen, qui nous étions,
» & que cela ne fist avorter mon entre-
» prise sur les Marchands Venitiens. Je
» formai ensuite la résolution de vous
» donner les premieres preuves de ma
» reconnoissance, & de vous vanger de
» GIROLAMO, en même temps que
» je me vangerois de tous les Venitiens.
» Quand je fus arrivé à Raguse, je fei-
» gnis donc d'être un Négociant de Li-
» vourne, & le Commerce que j'y fis,
» m'attira de grandes civilités des prin-
» cipaux Venitiens qui y trafiquent con-
» siderablement. C'étoit justement ce
» que je demandois. Enfin, je leur dis
» adieu, & je les invitai à venir souper
» avec moi. Vous sçavez comment les

choses se passerent pendant une partie «
du repas ; mais vous ignorez comme il «
finit , parce que je vous avois versé de «
l'*opium*. J'en fis autant à mes aimables «
Convives, & lorsque je les vis plon- «
gés dans le sommeil, je les envoïai «
tenir compagnie à leur illustre Con- «
citoïen. «

Mais GIROLAMO, lui dis-je, qu'en
avez-vous fait , & pourquoi m'avez-
vous amené dans ce Païs-ci ? Quoi, «
me dit HUSSEYN, vous me paroissez «
bien impatient de retourner en Italie, «
& de vous battre avec votre rival! Je «
vous averti pourtant que vous ne ferez «
ni l'un ni l'autre , car j'aime trop votre «
compagnie, pour me résoudre à la «
perdre si-tôt ; & j'ai vendu votre GI- «
ROLAMO à un Marchand Syrien. «
Cela se peut-il, lui dis-je ? Oüi, ré- «
prit-il, je l'ai fait , de peur qu'il n'al- «
lât gâter vos affaires à Venise, & je «
me suis dépêché de le faire , de peur «
que vous ne me demandassiez sa liber- «
té : car voilà comme vous êtes, vous «
autres amans bisarres, vous ne vous «
feriez point de scrupule de tuer un «
Rival , & vous vous en feriez un de «
le laisser chargé de chaînes. Au reste , «

» vous ne devez pas vous sçavoir mau-
» vais gré de sa servitude, car vous
» n'en êtes pas l'unique cause ; & je l'ai
» sacrifié à ma haîne particuliere contre
» le nom Venitien. Ce dernier mot me
donna occasion de lui demander la raison
de l'aversion extraordinaire que j'avois
remarquée en lui contre cette République ; & il me promit de m'en apprendre le veritable sujet après la troisiéme Priere.

Il me quitta en même temps, & il se
retira pour se purifier & faire ses Prieres. Il revint ensuite me trouver, & il
se disposoit à satisfaire ma curiosité,
lorsqu'on vint l'avertir qu'un de ses
Vaisseaux avoit fait une Prise Venitienne, & que OMAR l'avoit amenée au
Port. Je le felicitai du bonheur qui ac-
compagnoit ses entreprises, & nous retournâmes à Alger, où je me retirai dans
le Carvansera.

Je fus plusieurs jours sans le revoir,
parce que sa Prise lui avoit donné de
grandes occupations. Cependant j'aurois passé agréablement ce temps-là, si
j'avois pû trouver délicieux un lieu où
LUCRETIA n'étoit point. HUSSEYN ne
manquoit point de m'envoïer le Sorbet

& des Liqueurs inconnuës parmi nous :
il m'avoit meublé magnifiquement : la
dépense que je faisois, attiroit auprès
de moi les principaux Négocians de la
Ville ; & je m'instruisois des Mœurs, des
Coûtumes, & de la Religion de ces
Peuples. Une seule chose m'inquiétoit
donc, c'est que je ne sçavois aucune voïe
de retourner à Venise, & que je mourois
d'envie d'y retourner. Enfin, HUSSEYN
revint me prendre, & il me mena une
seconde fois à sa Maison de Campagne,
où il me raconta l'Histoire suivante.

CHAPITRE X.

Histoire de Godgi Husseyn.

SEigneur, me dit-il, comme vous êtes
Romain, vous ignorez sans doute
certaines particularités qui regardent la
maniere orgueilleuse dont Venise gou-
verne ses sujets. Ainsi il est necessaire
que je vous en instruise, afin que vous
entendiez mieux mon recit. Lorsque
cette fiere Republique sortit de ses La-
gunes, & qu'elle eut assujetti les Peuples voisins, elle n'oublia rien pour leur

faire perdre l'envie de recouvrer leur ancienne liberté, & pour leur en ôter les moyens. Elle les accabla donc d'impôts onereux, elle diminua leur Commerce, & elle affoiblit les Villes fortes. D'un autre côté, elle affecta de les éblouïr par de fausses apparences d'équité & de moderation, & cela suffit pour mettre la populace crédule dans son parti. Il ne s'agissoit plus que d'abattre les Nobles, dont la puissance pouvoit devenir funeste à ces nouveaux Tyrans. Elle y réussit encore, en semant des divisions continuelles entre eux, & en les distinguant des Seigneurs Venitiens par le titre odieux de Nobles de Terre Ferme, & par l'exclusion des dignités publiques.

DON ALBERTO mon pere étoit d'une de ces malheureuses familles, qui faisoient trembler le Senat, parcequ'elle possedoit des biens immenses, & que la vertu étoit un de ces biens. A peine fut-il en âge d'écouter son pere, que ce venerable Vieillard lui inspira l'amour de la liberté, & de la vertu, & lui fit remarquer la conduite indigne que le Senat tenoit avec la Noblesse, & les voyes basses qu'il employoit pour la diviser.

Ce

Cependant, lui difoit-il fouvent, «
quand vous ferez le Chef de votre «
Maifon, ne fongez jamais, mon fils, «
à former d'entreprife pernicieufes «
contre lui. Elles feroient funeftes à «
vous même, & aux Peuples que vous «
engageriez dans votre revolte. Regar- «
dez donc mes confeils, comme ceux «
d'un Vieillard à qui une fâcheufe ex- «
perience a fait connoître combien il «
faut être fur fes gardes, pour n'être «
pas fufpect; & comme ceux d'un Pere «
tendre qui craint que vous ne le foyez «
un jour, & qui en mourroit de dou- «
leur. Ne prenez pas cet amour gene- «
reux de la liberté que je vous enfeigne, «
pour le défir de délivrer votre Patrie. «
Vous ne le pourrez jamais, & nos «
Maîtres ont fi bien fait, que les No- «
bles fe craignent mutuellement, que «
le peuple les hait, & que les uns & «
les autres aiment ceux qui oppriment «
leur Pays. J'entends feulement un éloi- «
gnement perpetuel de ces honteufes «
flateries que vos pareils ont la foi- «
bleffe de prodiguer aux Nobles Veni- «
tiens. Oüi, mon fils, vivez d'une fa- «
çon à n'être jamais contraint de recou- «
rir à ces lâches manieres. Entretenez «

S

» une bonne correspondance entre vos
» voisins. Evitez les querelles particu-
» lieres. N'entrez point dans les leurs,
» Oubliez les vôtres propres. C'est ain-
» si que vous triompherez de l'ingenieu-
» se malignité des Emissaires Venitiens;
» & vous serez heureux malgré vos ri-
» chesses, & l'envie qu'on aura de vous
» les ravir.

Voilà les leçons que ce sage Seigneur
donnoit tous les jours à son fils. Don
ALBERTO sentoit le malheur commun
de sa Patrie, & il le déploroit en fidele
Citoyen, lorsque les disgraces particulieres de sa maison, lui donnerent de
nouveaux sujets de douleur.

Un jeune homme par une imprudence pardonnable à son âge, avoit offensé
Don PANDOLFO CASTIGLIONE. Ce
Seigneur qui étoit voisin de mon grand
pere, & qui avoit appris qu'il donnoit
un azile dans sa maison à son ennemi, alla l'y chercher suivi de six assas-
sins; & à la vûë de ce Vieillard qui demandoit grace pour ce jeune malheureux, il le tua de plusieurs coups de
poignard. Il sortit ensuite, mais les
cris des Domestiques qui avoient vû
cette affreuse action, le firent arrêter

dans l'inftant ; & la canaille, ennemie
perpetuelle de la Noblesse, le conduisit
elle-même en prison.

Dès le jour suivant, le Podesta fit
instruire son Procès, mon ayeul se crut
obligé de déposer contre lui ; & Don
PANDOLFE fut condamné à perdre la tête sur un échaffaut. Les enfans du mort
se virent par là dépoüillés des richesses
considerables que leur Maison avoit
dans le Padoüan, & réduits à une extrême necessité. Mon grand pere touché de leur malheur, leur offrit genereusement de se charger d'eux ; & il
les éleva avec les mêmes soins qu'il donnoit à l'éducation de Don ALBERTO.
Mais cette bonté ne fit point oublier à
ces ingrats, qu'il avoit eu quelque part
à la condamnation de PANDOLFE. Le
Capitaine des armes, qui haïssoit mon
ayeul, s'apperçût qu'ils le haïssoient encore plus que lui ; & il les engagea par
de magnifiques promesses de les faire
rétablir dans leurs biens, à l'accuser
d'avoir des desseins dangereux contre
l'Etat.

Dans un gouvernement tyrannique,
il suffit de pouvoir nuire, pour être suf-
pect, & d'être suspect, pour être puni.

Ainsi mon grand pere, se vit presque en un instant, accusé, enlevé de son Palais, & condamné à la mort. Le crédit de ma Famille n'empêcha pas que cette injuste sentence ne fut executée, & l'on ne fit grace à Don ALBERTO, que des biens confisqués qui lui furent remis. Les Accusateurs eurent aussi une partie des leurs, & ils racheterent une maison superbe, qui avoit appartenu à Don PANDOLFO CASTIGLIONE.

Don ALBERTO n'avoit alors que seize ans, & il étoit incapable encore de punir ses ennemis, outre que Dona CONSTANTIA sa mere avoit mis avec lui un gouverneur qui veilloit sur ses actions. Ainsi il dissimuloit sa juste haine, il écoutoit les prieres que sa mere lui faisoit d'oublier la noire ingratitude des CASTIGLIONI ; & il tâchoit de dissiper par une feinte modération, les frayeurs de cette tendre mere. Il a dit même cent fois à ma mere, qu'il auroit differé de vanger son pere, jusqu'à la mort de Dona CONSTANTIA, & qu'il lui auroit épargné ce chagrin, si eux-mêmes ne l'avoient pas forcé d'en prévenir le temps.

Il aimoit la fille du Comte FLAMINIO BORSI, & ce Seigneur le préfera à

Don ANNIBAL CASTIGLIONE qui la lui demandoit auſſi, mais qui avoit moins de bien. Deux mois après ce Mariage, mon pere revenoit le ſoir chez lui, & il n'étoit accompagné que de deux Eſtafiers. Un homme qui marche avec une pareille ſuite, ne medite pas un mauvais coup. Cependant il plût au Senat de l'en accuſer, & ſon innocence ne lui ſervit de rien. Mais je reviens à mon Hiſtoire que j'interrompois. Cinq hommes, à la tête deſquels étoient les deux Freres CASTI-GLIONE, vinrent l'attaquer, & l'un d'eux lui enfonça un coup de poignard dans le bras. Aux cris qu'il fit, ſes Eſtafiers ſe mirent en défenſe, & en tirant leurs épées, ils lui donnerent le temps de mettre la ſienne à la main.

Jugez de quoi on eſt capable, quand on a tout à la fois à conſerver ſa vie, & à vanger la mort d'un pere. La rage précipitoit les coups qu'il portoit à ces aſſaſſins, & le hazard plûtôt que l'addreſſe les conduiſoit. Cependant il tua ANNIBAL CASTIGLIONE, le frere d'ANNIBAL fut bleſſé d'un coup d'épée; & les meurtriers prirent la fuite, après avoir laiſſé ſur le carreau un des leurs. Tout bleſſé en un endroit qu'étoit mon pere, il ſe

traîna jusqu'à son Palais, où sa nouvelle
Epouse pensa mourir de douleur, en
le voyant en cet état. Il n'y avoit pas un
moment à perdre pour lui. Ainsi il prit
à la hâte un diamant de la derniere beauté & une bourse de cent Sequins ; & il
sortit par une porte secrete de sa maison
que le peuple venoit assiéger.

A peine il en étoit à trois cens pas,
que la populace furieuse y entra en foule.
On en pilla les meubles précieux, sous
prétexte de chercher mon pere par tout.
Mon ayeule fut traitée indignement par
ces miserables, que les Venitiens ont
l'addresse d'irriter contre les premieres
Familles de Terre Ferme ; & les Domestiques mêmes ne furent pas épar-
gnés, malgré les offres que Dona Constantia & ma mere faisoient au peuple. Quand ils eurent satisfait leur ava-
rice & leur fureur, les uns traînerent
ma mere & mon ayeule au Palais du Podesta, & les autres mirent le feu dans
celui de Don Alberto, qui s'étoit sau-
vé chez un ami fidele dans le Boulon-
nois.

Ce fut là qu'il apprit toutes ces choses, & que le Comte Flaminio Borsi
lui écrivit secrettement que son Epouse

& Dona CONSTANTIA s'étoient retirées
chez lui : que la derniere y étoit morte
de tristesse, dès le second jour, & que la
premiere étoit dans la plus triste situa-
tion qu'on puisse imaginer. Quelles nouvelles pour un fils & pour un Epoux qui
a pour sa mere & pour son Epouse une
veritable passion ? mais ses malheurs ne
dévoient pas se borner là. Le jeune CAS-
TIGLIONE qui n'étoit pas encore mort,
l'accusa de l'avoir attaqué, lorsqu'il revenoit avec son frere & un seul Estafier.
Il ajoûta à ces dépositions les plus ma-
lignes circonstances, & le Conseil des
Dix voulut prendre lui-même connoissance de ce Procès.

On le lui porta donc, orné de toutes
les couleurs que la malice noire du Comte CASTIGLIONE voulut lui faire prendre ; & dès que ces rigides Senateurs
l'eurent entre les mains, on lui donna
encore un plus mauvais tour. Cependant
la Justice de sa cause, & les sollicitations
de son beau-pere faisoient esperer encore un heureux succès. La mort de
son persecuteur qui désavoüa, avant de
mourir, ce qu'il avoit avancé, & qui fit
dresser un acte autentique de sa déclaration, sembloit encore devoir le justifier

bien-tôt. Mais le Confeil des Dix ne voulut pas perdre la confifcation qu'il s'étoit promife. Ainfi on rappella la prétenduë confpiration de fon pere, on regarda Don ALBERTO comme un digne heritier des pernicieux deffeins de ce pere, & les richeffes qu'il poffedoit contribuerent à le faire regarder ainfi. Enfin il fut condamné par ces équitables Juges à perdre la vie, fes biens furent adjugés au tréfor public, fes maifons démolies & fa tête profcrite.

CHAP. XI.

Suite de l'Hiftoire précédente.

DON ALBERTO, après ce terrible arrêt, ne fe fentant plus en feureté dans toute l'Italie, réfolut d'en fortir fecrettement; & après avoir emprunté deux cens ducats, il fe hazarda fous des habits de voyageur à quitter ce malheureux Pays. Mais ce déguifement ne trompa point fes ennemis, que le danger de laiffer échapper un pareil criminel inquiétoit beaucoup, & qui le haïffoient, parce qu'ils lui avoient donné fujet de
les

les haïr eux-mêmes. Ainsi il courut un péril évident en traversant les terres Venitiennes ; & un jour, il n'évita d'être tué, qu'en se jettant dans une Riviere où il pensa se noyer, & où l'on n'osa entrer après lui. Le lendemain, il alla loger dans une Auberge d'un méchant Village, & comme il étoit extremement fatigué, il voulut se coucher d'abord. On lui donna un lit au fond d'une espece de galerie, où il y en avoit six. Il n'y fut gueres, que douze hommes qui le cherchoient par tout, n'entraffent dans le même endroit. Après qu'ils eurent soupé, on les conduisit auprès de mon pere ; & un d'eux sans le reconnoître, parce qu'il avoit le visage caché, se mit auprès de lui, tandis que les autres se disperserent, comme ils purent, sur les autres lits. A la pointe du jour, Don A L B E R T O, que l'arrivée de ces gens n'avoient point réveillé, le fut par son inquiétude; & il vit leurs habits & la fatale baguette de leur Chef, qui étoit dans un coin. Appercevoir ces hommes, & se juger perdu fut la même chose pour lui. En effet, s'il sortoit doucement, ils pouvoient sortir eux mêmes du sommeil dans lequel ils

T.

paroissoient ensevelis, & le reconnoître
du moins à sa frayeur. S'il ne sortoit
pas, le danger étoit encore plus grand.
Enfin, il se détermina au premier parti.
Mais il eut beau faire, on l'entendit,
lorsqu'il étoit prêt de quitter ce funeste
appartement ; & les gardes furent d'a-
bord sur pied. Je ne puis exprimer ce
qu'il sentit dans ce moment ; & lui-même a dit à ma mere, qu'il ne pouvoit l'exprimer bien, & que chaque fois qu'il y
pensoit, la peur glaçoit tout son sang.
Cependant la prudence ne l'abandonna
pas. Il se retourna tranquillement vers
ces Gardes, & faisant semblant d'essuyer
ses yeux avec un mouchoir, il dit adieu à
ceux ci qui les avoient encore à demi
fermés ; & descendit en bas, pour sel-
ler son cheval. Heureusement l'Hôte
l'avoit déja préparé, ainsi il n'eût qu'à
le payer, & il partit dans l'instant. Enfin il arriva à Milan, où il alla loger
chez Don Diego de Santenas ; où son
premier soin fut d'écrire à Dona Julia
Borsi son Epouse, qu'il s'étoit mis à
couvert de la République, & qu'il étoit
sous la protection des Espagnols. Cette
Dame reçut cette Lettre par un Cavalier
Castillan, & elle se disposa en même

temps à le fuivre, pour aller joindre fon
Epoux.

Elle avoit prévû que plufieurs Efpions
feroient attentifs à la conduite qu'elle
tiendroit, & qu'ils obferveroient fes
moindres actions, pour découvrir en
quel lieu fon mari étoit caché. Ainfi elle
convint avec Don FLAMINIO, que l'on
feroit courir le bruit, qu'elle étoit toûjours dangereufement malade : que l'on
gagneroit un Médecin qui diroit par
tout la même chofe ; & qu'elle partiroit
fecretement avec le Cavalier Efpagnol,
& déguifée comme lui. La chofe fut
faite comme elle fouhaitoit. Elle fortit
pendant une nuit obfcure dans un cha-
riot plein de meubles ; & on la conduifit à une maifon de campagne à fix milles
de Padouë. Là elle prit un cheval, des habits d'homme, & fes bijoux, & elle entra dans Milan, fans avoir été reconnuë
nulle part.

Je me fouviens d'avoir entendu plufieurs fois ma mere raconter l'hiftoire
de ce voyage qu'elle fit en quatre nuits,
car elle n'ofoit marcher pendant le jour.
La maladie dont elle fortoit à peine, les
inquiétudes qu'elle avoit euës, fes chagrins & la fatigue d'une route perilleu-

se , tout cela l'avoit tellement abbatuë , que mon pere qui ne l'avoit pas vuë depuis trois mois, ne la reconnut point d'abord. Pour lui, il s'étoit mis au-dessus de sa mauvaise fortune par sa vertu, & il n'avoit été touché de ses maux , que parce que sa famille y avoit part. Quand ces deux malheureuses personnes se virent, Dona JULIA demeura immobile, la voix lui manqua , & la joye, & la douleur tirerent des larmes de ses yeux. Don ALBERTO inquiet & attendri à la fois de l'état où il la voyoit , la serroit tendrement dans ses bras , & il étoit lui-même dans un saisissement , qu'il s'efforçoit inutilement de cacher.

Enfin ce premier trouble, que cause la presence d'une personne qu'on n'esperoit plus revoir , fut suivi de felicitations mutuelles. Don DIEGO de SANTENAS promit à ma mere., qu'il n'oublieroit rien pour procurer à notre famille une meilleure Patrie dans l'Espagne , que celle où nous étions nés ; & effectivement il employa tout son credit pour nous , & celui de Don FREDERIC de BUFFALIS, son ami. Le Gouverneur de Milan, qui haïssoit la République, s'interessa avec plaisir pour Don ALBERTO,

& il s'interessa si bien, qu'il lui obtint une pension considerable, & un Regiment Italien.

Il étoit impossible qu'on n'apprît pas cette nouvelle à Venise, ou qu'on l'apprît sans chagrin. Cependant oh dissimula, & l'on ne se plaignit pas même au Roy de la retraite qu'il nous donnoit. On avoit de plus sûrs moyens de se vanger, & l'on ne differa pas de s'en servir. Le jour que mon pere fut reçû à la tête de son nouveau Regiment, ses Soldats lui faisoient une salve de toute l'Artillerie, lorsqu'une bale lui perça le bras. Il tomba à terre tout en sang, & tous les Officiers accoururent à lui. On le porta chez Don DIEGO, où ma mere l'attendoit avec une inquiétude mortelle, comme si elle avoit prévû ce coup. Heureusement la blessure étoit legere, & il fut guéri en peu de jours. On a toûjours crû que l'assassin étoit un certain Ragusien qui s'étoit engagé peu auparavant ; car il disparut le lendemain, & l'on a sçû qu'il s'étoit retiré à Venise.

L'année suivant, Don ALBERTO fut appellé en Espagne, & il servit utilement son nouveau Maître pendant deux ans. On fut même si content de ses ser-

vices, qu'on augmenta fa penfion, &
qu'on le fit Comte de Caftille. Mais ces
honneurs ne purent le retenir dans ce
Pays-là, & fa mauvaife fortune lui fit
fouhaiter de revoir Milan. Il s'embar-
qua donc à Barcelone avec Dona JULIA
& moi qui n'avoit alors qu'un an & demi. Les premiers jours de notre voyage
furent heureux, & nous eûmes prefque toûjours un bon vent. Mais le jour
même que nous comptions aborder en
Italie, deux Vaiffeaux Algeriens attaque-
rent le nôtre, & le prirent aifément.

Celui à qui nous échûmes en partage,
étoit un Renegat Allemand, nommé
HALI. Il avoit autrefois commandé un
Regiment de fa Nation au fervice des
Venitiens, & il avoit fait des chofes in-
croyables pour eux. Mais ils lui apprirent à fes dépens, qu'on veut bien payer
des bienfaits médiocres, parce qu'on
le peut; mais que de grandes actions ir-
ritent ceux pour qui on les fait, parce
qu'ils fentent qu'ils ne peuvent les ré-
compenfer affez. On le fatigua donc
par des longueurs affectées, quand il
demandoit de l'argent, par des manieres
dures, & par une conduite imperieufe.
Le defefpoir où ces mauvais traitemens

le réduisirent, lui fit prendre le parti de se retirer chez les Turcs, & la pauvreté où il tomba, le força d'embrasser leur Religion. Cette action lui attira l'amitié du fameux CHAIRADINI, & lui valut un Vaisseau, dont ce BACHA, Rénégat aussi, lui fit présent.

Les pareils d'HALI traitent ordinairement les Esclaves Chrétiens avec la derniere rigueur, soit parce que leur vûë leur reproche un changement qu'ils se reprochent eux-mêmes, soit pour éloigner d'eux les soupçons d'être encore Chrétiens secrets. Cependant notre Maître eut pour nous des considerations particulieres. Le rang de mon pere, sa vertu, & peut-être d'avoir été maltraité des Venitiens, lui concilierent l'amitié d'HALI; & nous ne sentîmes presque pas, que nous avions perdu notre liberté. Mon pere écrivit en Espagne, par certains Moines qui viennent ici délivrer nos prisonniers. Mais, soit qu'ils ne donnassent pas ses lettres, ou qu'ils eussent fait nauffrage en retournant, on ne reçut point de réponse; & deux ans après, on ne vint point apporter sa Rançon.

Pendant ce temps-là, Dona JULIA,

que ces anciennes difgraces avoient préparée à celle-ci , reprit fa premiere
beauté, & elle donna de l'amour à HALI.
Quoique ce Corfaire eût déja pris les
manieres barbares de notre Nation , il
n'ofa pourtant découvrir fa nouvelle
paffion à ma mere; & il fe fentit arrêté
par un certain refpect que la vertu nous
infpire malgré nous. Il fe contenta de la
lui apprendre par fes yeux , & par les
prefens qu'il lui envoyoit. La même raifon lui fit avoir de nouveaux égards pour
Don ALBERTO , & il crut qu'un moyen
infaillible de toucher une femme ver-
tueufe , étoit de faire du bien à une perfonne qu'elle aimoit.

Cependant il ne réüffit point , & Dona JULIA en eut plus de reconnoiffance; fans avoir plus d'amour. Il s'en apperçut, & cela lui fit prendre enfin la
refolution de parler d'une maniere
qu'elle entendît. Un jour donc il l'alla
trouver. Il lui déclara d'une maniere
embaraffée la tendreffe qu'il avoit con-
çûë pour elle; & il lui jura fur l'ALCO-
RAN, qu'il ne lui feroit jamais de violence, mais qu'il attendoit d'elle un peu
de reconnoiffance, qu'elle la lui devoit.
Ce difcours moitié refpectueux & moi-

tié barbare , caufa à ma mere un chagrin
qu'elle n'avoit jamais encore éprouvé.
Elle ne put répondre , & fes larmes feu-
les répondirent pour elle à HALI.

CHAP. XII.

Le fort de Don Alberto & de fa famille
change d'une maniere fubite.

LOrfqu'elle fut feule , elle délibera fi
elle feroit part d'une telle nouvelle à
Don ALBERTO, ou fi elle lui épargneroit cette nouvelle douleur. Elle auroit
dû prendre ce dernier parti ; mais elle
crut que le foin de fon honneur l'obli-
geoit à prendre le premier , & elle le
prit. Ce malheureux Epoux ne put s'empêcher de s'écrier , que le Ciel ne le laif-
foit jouir d'une courte tranquillité , que
pour lui faire mieux fentir les maux affreux qui la fuivoient. Enfuite il reprit fa
premiere moderation , il demanda pardon à fon Dieu de ce reproche injurieux
à fa Juftice ; & il dit à Dona JULIA qu'il
efperoit que Dieu connoiffant la fageffe
dont elle avoit toûjours fait une auftere

profession, détourneroit les mauvaises intentions d'HALI.

Depuis ce jour-là, ce Renegat ne parla point à Dona JULIA, & elle profita de ce court espace pour porter son mari à sauver son honneur, & à la sauver, elle-même, en s'échappant d'Alger. Elle communiqua ce dessein à plusieurs Chrétiens, elle leur donna de l'argent pour acheter une barque au-plûtôt; & ils engagerent un Renegat Espagnol, qui vouloit retourner dans sa Patrie, à faire faire ce petit bâtiment en son nom. Comme vous voyez, la chose devoit réussir. Aucun Esclave ne paroissoit dans cette affaire, Don AL-BERTO cachoit son inquiétude sous un visage riant, & HALI ne soupçonnoit rien.

La nuit destinée à l'execution de ce projet, mon pere & ma mere se déroberent à la faveur des tenebres, & d'une muraille basse; & ils se rendirent à l'endroit marqué. Ils y trouverent leurs compagnons qui n'attendoient plus qu'eux, & qui les reçurent à bras ouverts. Mais le Bacha avoit découvert tout, & à peine entroient-ils dans la barque, que cinquante Janissaires qu'il avoit cachés dans un rocher voisin, pa-

rurent inopinément, & leur ordonne-
rent d'en fortir. Ces malheureux qui ne
pouvoient attendre qu'une mort certaine, s'ils fe rendoient, aimerent mieux
fe défendre ; & ils le firent avec une
valeur extraordinaire. Mais le nombre
l'emporta fur elle, & les uns furent pris
& les autres tués.

Le Renegat fut du nombre des derniers, & mon pere le fuivit, après avoir
bleffé ou tué cinq Janniffaires. Dona Ju-
LIA qui s'étoit jettée dans l'eau, pour
ne pas furvivre à Don ALBERTO, en
fut retirée, & ramenée au palais d'HA-
LI. Elle y fut long-temps comme morte,
malgré les foins qu'on prit de la faire revenir. Enfin elle revint, & elle vit aux
pieds de fon lit fon Maître, que la douleur avoit rendu immobile, & qui pouvoit à peine parler. Cruel HALI, lui "
dit-elle, d'où vient la trifteffe que je "
remarque en vous ? vous fied-il d'ê- "
tre touché de mes maux, vous qui les "
avez caufés ? Moi, Madame, lui dit- "
il! quoi! vous ai-je forcée par des trai- "
temens durs, ou par des menaces in- "
dignes, à me fuir ! J'ai eu pour vous "
une tendreffe refpectueufe, je vous "
ai fait une promeffe inviolable de ne "

,, devoir votre cœur qu'à la conftance
,, du mien. Ma modération méritoit-el-
,, le que vous me regardaffiez comme un
,, Maître barbare, & mon amour, que
,, vous lui préferaffiez la mort ?

Il fe retira après ce difcours, & il ordonna qu'on eût un foin extrême de la
fanté de Dona JULIA. Mais elle rendit
fes ordres inutiles, elle ne voulut recevoir aucun remede, & il fut obligé de
retourner dans fa chambre, le jour fui-
,, vant. Madame, lui dit il, en fe jettant
,, à fes genoux, HALI eft pour vous un
,, monftre odieux, & plus il a de paffion
,, pour vous, plus vous lui marquez de
,, haine. Que dis-je? vous ne fouhai-
,, tez de mourir, que parce qu'il fou-
,, haite que vous viviez. Auffi ne vient-
,, il point vous prier de renoncer au
,, funefte deffein que vous avez conçu
,, de périr; il fçait trop que vous vous fe-
,, riez un plaifir de vous vanger de fa pré-
,, tenduë cruauté, en méprifant fes prie-
,, res. Mais écoutez celles de votre fils. Si
,, vous haïffez tant la vie, fongez qu'elle
,, lui eft précieufe; qu'après votre mort
,, ce malheureux enfant fera mon ef-
,, clave, & que vous ne pouvez lui épar-
,, gner une dure fervitude, qu'en vi-

vant. Penſez-y, je ne vous en parlerai "
plus. Cette conſideration fit ſur l'eſprit "
de ma vertueuſe mere l'effet qu'il s'en
étoit promis, ma déplorable condition
l'attendrit ; & elle ne s'obſtina plus à
refuſer les ſecours d'un Medecin habile
qu'on lui avoit donné. La bonté de ſon
temperamment acheva de la ſauver, &
au bout de trois mois, elle fut rétablie
entierement.

Alors HALI lui propoſa de l'épouſer
ſecretement, & il lui promit, ſi elle le
vouloit, de rentrer dans ſa Religion &
dans l'Allemagne, & de me donner tous
ſes biens. Je ne ſçai ſi c'étoit ſa veritable intention, du moins ma mere le crut,
& elle voulut bien ſe ſacrifier à mes interêts. Mais le jour même de ce Mariage, l'infortuné HALI fut attaqué de la
peſte qui déſoloit Alger ; & l'on déſeſ-
pera de ſa guériſon. C'eſt pourquoi il envoya chercher le BACHA CHÁIRADIN,
& il lui parla en ces termes, lorſqu'il
le vit. Seigneur, je vais quitter la vie, «
l'Ange de la Mort m'appelle, & je le «
ſuivrois ſans regret. Mais je quitte une «
Epouſe digne de ma tendreſſe, & un «
jeune Enfant qui faiſoit mes délices. «
Je les perds, lorſque je commençois à »

,, concevoir la douce efperance de répa-
,, rer les difgraces qui ont jufqu'ici agité
,, leur vie ; & ma mort va peut-être les
,, plonger dans une affreufe mifere:
,, Diffipez mes juftes appréhenfions,
,, Seigneur. Je les ai faits les heritiers de
,, mes richeffes ; mais c'eft faire peu pour
,, de pauvres Etrangers. Qu'ils foient
,, auffi les heritiers de la généreufe pro-
,, tection que vous m'accordiez. Enfin...
Il voulut en dire davantage, mais une
fueur froide le prit, & la parole lui
manqua un peu de temps. A la fin il revint à lui, il dit adieu à Dona J U L I A
d'une voix foible; & il dit à C H A I R A-
,, D I N, en lui ferrant la main, Souve-
,, nez-vous, Seigneur, que vous m'ai-
,, miez, & que je les aimois.

Il expira en achevant ces mots, & le
B A C H A ordonna dans l'inftant qu'on
nous conduifit ma Mere & moi dans fon
Palais. Dès le lendemain, ce Seigneur
zelé pour notre fainte Religion, me fit
donner un Precepteur Arabe ; & il s'attacha à faire de moi un homme habile
& un veritable Mufulman. Vous jugez
bien que ma Mere fut au défefpoir de
cette éducation, & qu'un zele aveugle
lui fit entreprendre tout pour l'empê-

cher. Mais on me sépara d'avec elle, malgré les pleurs qu'elle versa ; & je fus envoyé à Constantinople, où je fus circoncis, & dont je ne revins qu'à l'âge de vingt ans.

On jugea alors que les caresses séduisantes d'une Mere, ne seroient plus capables d'étouffer en moi la précieuse Doctrine des Croïans, que l'on m'avoit fait sucer ; & qu'on ne hazardoit rien à me rendre à ses instantes prieres. En effet, elle ne put ébranler mon attachement sincere à l'Alcoran, & c'est la seule chose, je crois, en quoi je lui ai désobéi. Ainsi, quand elle vit qu'elle faisoit des efforts inutiles pour me persuader, elle ne s'attacha plus qu'à m'inspirer des sentimens vertueux. Elle m'enseigna la Langue Italienne, les disgraces de ma Famille, & l'injustice criante des Venitiens. Enfin, je conçus une telle indignation contre eux, que je résolus de leur faire une éternelle guerre, dès que j'en serois en état.

Helas ! je n'attendis pas long-temps. L'amour maternel, encore plus que l'abaissement de sa Famille, avoit retenu cette vertueuse Dame auprès de moi. Quoiqu'elle ne parût plus penser à me

faire abandonner ma Religion, elle l'efperoit toujours ; & elle le difoit fouvent
à une Efclave Chrétienne, de qui je l'ai
fçû depuis. En attendant ce jour heureux, felon elle, elle employoit une partie des Biens immenfes qu'elle poffedoit,
à foulager fes malheureux compatriotes.
Elle en rachetoit plufieurs de leurs Maîtres, & elle me conjuroit par les plus
tendres prieres, de les traiter avec la
même douceur, lorfque je ferois le maître de mon fort. Je le lui promettois, &
je l'ai toujours fait. Enfin, lorfqu'elle
vit qu'elle avoit conçu de vaines efperances de me faire changer, & que de
frequentes maladies lui eurent fait fentir que la fin de fa vie approchoit, elle
réfolut de retourner en Italie ; & elle
n'attendoit plus qu'un bon vent pour
partir. Mais une mort prefque fubite
l'empêcha d'executer ce deffein, & je la
perdis, deux ans après mon retour de
Conftantinople à Alger.

　Ce malheur me fournit un moïen que
je ne fouhaitois pas, de tirer une vangeance terrible des Venitiens ; & j'équi-
pai trois gros Vaiffeaux, avec lefquels
je me mis en mer. En peu de temps, je
fis des prifes confiderables fur les Marchands

chands de cette Nation, & le nom de
CODGI HUSSEYN devint fameux à
Venife. Les Négocians fe plaignirent à
la Seigneurie, ils lui reprefenterent le
tort que je faifois à leur commerce ; &
ils lui offrirent deux cens mille Ducats
pour obtenir qu'elle envoyât une Flote
contre moi. Mais les affaires que la République avoit alors, empêcherent qu'on
n'acceptât ces offres ; & je continuai mes
courfes impunément jufques dans le
Golphe Adriatique, où j'ofai les braver
comme vous avez vû. Au refte, le Noble
Venitien que j'ai enlevé à Venife, eft ce
même Capitaine des Armes dont je vous
ai déja parlé, & qui gagna les fils de
Don PANDOLFO CASTIGLIONE, pour
accufer de trahifon mon innocent Aïeul.
Plût à Dieu que je puffe punir ainfi fes
autres ennemis.

V

C H A P. XIII.

Dont la fin est interressante.

AINSI finit le discours du brave HUSSEYN, & je ne pus désapprouver son ressentiment, quoique je condamnasse certaines expressions dures dont il s'étoit servi, & la vengeance cruelle qu'il tiroit de la République. Mais il faut une vertu Divine pour oublier de pareilles injustices, & une vertu heroïque ne sert qu'à nous inspirer un desir violent de nous vanger.

Je lui demandai après cela qui étoit ce FREDERIC DE BUFFALIS, Ami de Don ALBERTO, qu'il avoit nommé? s'il n'étoit pas un des premiers Magistrats de Milan, & s'il n'avoit pas épousé Dona LUCILLA RINALDI? Oüi, me dit HUSSEYN, mais pourquoi me le demandez-vous? le connoîtriez-vous donc? Oüi, lui répondis je, je vous avois dit que je suis Romain, parce que ma Mere l'est, & que j'ai été élevé à Rome. Mais je suis né à Milan de ce même Don FREDERIC; ainsi vous

jugez qu'il m'est bien connu. Que je «
suis heureux, s'écria H u s s e y n, de »
pouvoir témoigner au Fils, la recon- «
noissance que j'ai des services du Pere! «
Lorsque vous m'apprîtes votre nom , «
celui de ce généreux Seigneur me re- «
vint à l'instant dans l'esprit. Mais, «
comme je vous croyois Gentilhomme «
Romain, je ne songeai seulement pas «
que vous pussiez lui appartenir. Mais «
enfin je le sçais maintenant, & pour «
vous punir de ne me l'avoir pas dit «
plûtôt ; je vous condamne à demeurer «
avec moi, aussi bien la saison est mau- «
vaise ; & de plus, à accepter de moi ce «
diamant. «

En même temps, il tira de son doigt
la plus belle Turquoise que j'eusse jamais
vûë, & il la mit malgré moi au mien.
On apporta ensuite le Café, le Sorbet,
& du Tabac, & on me donna le Parfum.
Les plus belles voix de l'Orient firent
succeder à ces plaisirs, un Concert qu'un
Italien même pouvoit admirer ; & lorsque les Etoiles parurent ; C o d g i
H u s s e y n qui m'avoit laissé manger
seul, parce qu'ils étoient alors dans leur
Ramadan, ordonna qu'on servît le soupé.
Aussitôt un Esclave étendit plusieurs

cuirs l'un fur l'autre à terre, & on mit
deſſus une eſpece de mouchoir brodé
d'or. Ce fut là que l'on rangea pluſieurs
plats de Pilau, & les plus délicieux vins
de l'Aſie ; & je ne trouvai pas une grande
difference entre ce repas & les meilleurs
que j'euſſe jamais faits en Europe, ſi ce
n'eſt que je ne bûs preſque point, parce
que mon Hôte me laiſſa boire tout ſeul.

Le lendemain, il me dit qu'il m'avoit
loué une maiſon commode dàns Alger,
& que j'y demeurerois ſeul pendant mon
ſéjour, parce que les Mahometans ne
peuvent pas loger avec nous ; mais qu'il
me donneroit des Eſclaves Chrétiens
pour me ſervir. Nous partîmes un inſtant après pour l'aller voir, & j'y trouvai les meubles que j'avois eus au Car-
vanſera, déja rangés. Il y en avoit ajoûté
d'autres encore. C'étoit partout de magnifiques Tapis de pied, des Sophas,
des Piles de Carreaux brodés, des Vaſes
d'or, en un mot, j'étois logé comme un
Prélat d'Italie, ou comme un Traitant
François. Dès le jour même il m'envoya
le *Tain*, c'eſt à dire, les proviſions de
bouche, comme les Viandes & le Ris,
& il me fit dire qu'il ſeroit déſobligé par
le refus que je ferois de le recevoir. Ainſi

je n'en fis aucune difficulté, d'autant
plus que n'y ayant aucun Vaisseau Chrétien dans le Port, je voyois bien que
mon séjour dureroit plus que mon argent, dont j'avois dépensé déja une partie.

Parmi les Esclaves Chrétiens que
Codgi Husseyn m'avoit donnés, il y en
avoit un qui prenoit le nom de Marcio.
Il me paroissoit toujours plongé dans une
sombre tristesse, & il me sembloit l'avoir
déja vû. J'ai toujours respecté le malheureux, même avant que je l'eusse été
moi-même; & il suffit qu'un homme
souffre, pour qu'il cesse de m'être indif-
ferent, s'il l'étoit d'abord. Mais l'état
où étoit celui-ci, me causa une veritable
douleur. Je m'interessois à son malheur,
sans sçavoir pourquói, je le traitois avec
une douceur extreme, & je le distinguois
autant de ses Compagnons, qu'un air
noble, & des manieres relevées l'en dis-
tinguoient. Comme je croyois que l'esclavage seul où il se voyoit réduit, cau-
soit cette mélancolie continuelle, j'esperois que je la dissiperois un peu par
cette conduite honnête. Cependant je ne
gagnai rien, & les promesses réiterées,
que je luï fis d'obtenir sa liberté de

Husseyn, ne firent rien de plus.

Mais la maniere dont je m'apperçus
qu'il me regardoit, me surprit encore
plus que le chagrin qu'il témoignoit. Il
me sembloit que je ne pouvois me repro-
cher rien à son égard : au contraire, je
le comblois de bien, comme j'ai déja dit.
Cependant il me fuïoit, il méprisoit les
petits présens que je lui faisois, enfin,
Girolamo n'auroit pas agi autrement
avec moi. Je fus plusieurs fois sur le
point de lui demander le sujet de cette
haîne, que je croyois ne point mériter ;
& autant de fois je ne le fis pas, parce
que je m'imaginois m'être trompé, &
avoir donné un mauvais sens à ses actions. A la fin pourtant je résolus de
m'en éclaircir.

J'avois remarqué aisément qu'il devoit
être d'une naissance distinguée ; & le ton
dont il parloit à deux autres Esclaves qui
étoient avec lui, m'avoit fait juger, que
du moins il avoit eu de grandes richesses, & que ces gens-ci avoient été Domestiques chez lui. Sur ce pied-là, je
m'imaginai qu'ils pourroient m'avoüer
ce que j'avois envie de sçavoir, & que
l'argent au moins les feroit parler, puisqu'il fait faire bien d'autres choses à des

Perſonnes qui n'en ont pas le beſoin
qu'ils en avoient. Mais voici ce qui m'arriva le jour que j'avois entrepris de ſon-
der leur fidelité.

CHAP. XIV.

Don Antonio découvre un Rival qu'il
voudroit bien connoître, & qu'il
ne connoîtra pas ſi tôt, non plus que
le Lecteur.

IL avoit fait beau temps pendant une
ſemaine entiere, & des jours auſſi
beaux que ceux de l'Eté, me faiſoient
trouver la promenade délicieuſe. C'eſt
pourquoi j'allai dans mon Jardin, &
après avoir marché un peu de temps,
j'entrai dans un Cabinet, dont les Lau-
riers touſus qui me couvroient, empê-
choient qu'on ne me vît, & n'empê-
choient pas que les raïons du Soleil ne
perçaſſent juſques à moi. J'y demeurai
une demie heure à rêver en Héros des
Romans modernes, à ma chere LUCRE-
TIA; & je ne fus interrompu que par
l'arrivée de l'Eſclave inconnu, & d'un

second, qui se coucherent dans un Cabinet voisin du mien.

Heureusement ils pensoient que j'é-
tois allé chez Codgi Husseyn, sur ce
que j'avois dit que j'irois le voir, & ils
ne soupçonnerent point que j'étois si
près d'eux. Ainsi ils ne prirent aucune
précaution, pour n'être point décou-
verts, & j'entendis que Marcio dit à
» l'autre. Non, je ne puis m'imaginer,
» mon cher Rossi, que ce soit Don
» Antonio de Buffalis, & je serois
» au désespoir que ce fût lui, & que je
» fusse obligé de vouloir du mal à un
» homme, à qui je ne puis que vouloir
» du bien. Mais encore une fois, tu as
» mal entendu, & supposé que tu aies
» bien entendu, celui-ci n'est pas le mê-
» me qui cause mes malheurs. En effet,
» est-il vrai-semblable qu'il eût quitté
» l'Italie, dans le temps que tout sem-
» bloit favoriser son amour; & s'il l'eût
» quittée, seroit-il venu à Alger? Com-
» ment y seroit-il venu? Quel dessein l'y
» auroit amené? Toi-même, n'y trouves-
» tu pas d'impossibilité? Cela est vrai,
» répondit celui qu'on avoit nommé
» Rossi. Cependant cet Esclave Ferra-
» rois, dont je tiens ce que je vous ai
appris,

appris, m'assuroit encore hier que no- «
tre nouveau Maître s'appelle ainsi ; «
qu'il est de Milan, & qu'il l'a entendu «
dire une fois à C o d g i H u s s e y n. «
Je lui ai demandé s'il ne pourroit «
point m'instruire mieux. Mais lui- «
même n'est pas mieux instruit que moi, «
& vous sçavez que les Esclaves sont «
plus éloignés ici de la personne de leurs «
Maîtres, que les Domestiques ne sont »
parmi nous : ainsi ils peuvent moins «
dérober leurs secrets. Mais que ne le «
priez vous aussi de vous dire qui il «
est ? Il a trop de bontés pour vous, «
pour vouloir vous le cacher, & il «
vous soupçonne si peu, qu'il ne son- «
geroit seulement pas à le faire. «

Non, lui dit l'autre, non, je ne le «
ferai pas. J'apprehende trop de trou- «
ver en lui, un homme odieux ; & quand «
je l'entreprendrois, je suis si sincere «
qu'il s'appercevroit à un trouble que «
je ne pourrois cacher qu'il est deson «
interêt à lui dissimuler, son nom, «
& sans doute il le feroit. Mais bien «
plus, s'il me demandoit le mien, je «
ne le lui dirois pas, de peur qu'aux «
mouvemens qu'il exciteroit peut-être «
en lui, je ne le reconnusse malgré moi. «

X

» C'eſt ce qui fait que je ne te l'ai jamais
» dit, afin que tu ne le lui rediſes pas.
Après avoir dit cela, il tomba dans une
ſombre rêverie, & je le vis tirer de ſa
poche, un portrait enrichi de diamans
qu'il baiſa pluſieurs fois. Son compagnon le regardoit en pleurant, & l'un
& l'autre étoit dans un état touchant.
» Enfin l'Inconnu reprit la parole. Sor-
» tons du Jardin, dit-il à Rossi, je n'y
» viens jamais, que je ne me rappelle le
» triſte ſouvenir de cette aimable per-
» ſonne que j'ai perduë. C'eſt dans un
» lieu ſemblable qu'elle me donnoit des
» marques charmantes de ſa tendreſſe,
» & que nous goutions enſemble les
» plaiſirs innocens que ſa pudeur pou-
» voit permettre à ſon amour.

En même tems, ils ſe leverent, & je
vis ce portrait qu'il tenoit dans ſes
mains, & que je n'avois vû auparavant
qu'à demi. Jamias rien ne reſſembla
mieux à Doña Lucretia. C'étoient
les mêmes traits, les mêmes cheveux
blonds, ces yeux pleins d'eſprit & d'a-
mour, ce ſouris délicat, enfin c'étoit
ma Maîtreſſe. Il y avoit pourtant je ne
ſçai quoi que je ne lui connoiſſois point,
mais cela pouvoit paſſer pour une faute

du Peintre. Je ne doutai point alors
que GIROLAMO ne fût l'Esclave inconnu. Ce que j'avois entendu, & ce que
je voyois tous les jours me le persuadoit. Outre cela, je me ressouvenois
confusément d'avoir vû quelqu'un qui
ressembloit à celui-ci. Je me figurois
donc, que c'étoit au soupé, que HUSSEYN donna aux Négocians RAGUSIENS
dans son Vaisseau ; & cela étant, j'avois
raison de me confirmer dans la pensée,
où j'étois, que mon Esclave étoit mon
Rival. Il est vrai que CODGI HUSSEYN
m'avoit dit qu'il l'avoit vendu à un
Marchand Syrien ; mais peut-être me
l'avoit-il fait accroire pour se divertir.
Ainsi il n'y avoit plus qu'une chose qui
m'embarassoit encore. Il parloit de Dona
LUCRETIA en amant, qui avoit lieu de
se loüer de ses bontés ; & je le jugeois
par l'amour qu'elle avoit eu pour moi,
qu'elle n'en avoit jamais eu pour lui.

Quoi ! me disois-je à moi même, aurois-je été encore une fois la duppe de
ma sotte crédulité ? Toutes les femmes
seroient-elles des CLARA DORIA, &
les plus sages d'entr'elles, ne seroient-
elles que des Coquettes rafinées ? En
un mot, aurois-je été le joüet de la fein-

te paſſion de LUCRETIA, & de ſes careſſes artificieuſes ? Oüi ſans doute,
ajoutois-je ; ma ridicule vanité aidoit
cette perfide fille à me ſéduire, & ce
que celle-ci me diſoit, l'autre me l'inter-
prétoit d'une maniere flateuſe. Pendant
ce temps-là, LUCRETIA déja fatiguée de
moi, aura inſtruit PAOLINO ſon pere, du
ſecret de ma naiſſance, que je lui avois
communiqué, Ils auront pris enſuite des
meſures enſemble, pour me congedier,
& la Lettre du vieux Citadin à GIRO-
LAMO aura été le fruit de ces belles meſures.

Ces conjectures n'auroient pas été
ſans apparence, puiſque Meſſer PAOLI-
NO n'avoit ſçû qui j'étois, qu'après que
je l'avois avoüé à ſa fille ; & il étoit pro-
bable qu'elle ne m'avoit conté l'hiſtoire
de l'Intendant du Comte RAPHAELI,
que pour détourner de deſſus elle, les
ſoupçons que j'aurois pû former. Mais
ſi cela avoit été ainſi, ou elle ne m'auroit pas appris les deſſeins de ſon pere
contre moi, ou elle m'auroit fait une
fauſſe confidence, ſeulement pour m'o-
bliger de la quitter. Cependant, il paroiſſoit par le diſcours du prétendu GIRO-
LAMO qu'on lui avoit écrit à mon ſujet,

Sans cela il n'auroit pas deviné mon nom, & que j'étois son ennemi. Je ne comprenois rien à ces obscurités, & quelquefois j'aimois mieux croire contre toute probabilité, que LUCRETIA étoit innocente & qu'elle m'aimoit véritablement, que de me croire avec sujet trahi par ses trompeuses protestations.

Après avoir long-temps floté entre ces differentes idées, je sortis enfin du funeste cabinet où j'avois appris ces nouvelles, & je rentrai sans bruit dans mon appartement. Dès que j'y fus, je me rappellai encore tout ce que je venois d'entendre, & je m'abandonnai de nouveau à la jalousie. Oui, me disois-je, son mariage étoit conclu avec GIROLAMO, elle sera partie de Venise peu de temps après moi, & elle sera arrivée à Raguse avec son nouvel Epoux, sans que j'en aye rien sçû. Il ne faut pas tant de temps pour cela, ainsi rien n'étoit plus aisé. Voilà les raisonnemens que je faisois, & j'étois ingenieux à me tourmenter par les soupçons que je formois. Si l'Esclave m'avoit vû alors, il auroit facilement deviné ce qui étoit arrivé, mais heureusement il ne vint que le soir. J'avois

X iij

eu le temps de me remettre, & le deffein où j'étois d'aller voir CODGI HUS-
SEIN, & de lui demander, s'il avoit
vendu GIROLAMO, comme il l'avoit
dit, contribuoit à me tranquillifer. Ainfi il ne s'apperçût point de mon trouble,
& je le trouvai fi occupé de fes chagrins, qu'il ne pouvoit prendre garde
à ceux qui me dévoroient.

Le jour fuivant que j'attendois avec
une impatience mortelle, arriva enfin; &
j'allai au Palais de CODGI HUSSEYN que
je trouvai forti. Je voulus d'abord retourner au mien, mais un Eunuque noir
me pria d'attendre un peu, & de lire
une Lettre qu'on l'avoit chargé de me
rendre fecrettement. Je la pris, & voici
ce qu'il y avoit.

» Seigneur, il y a deux mois que je
» perdis ma liberté & mon Epoux qui
» fut tué en la défendant. Depuis ce
» temps-là, je fuis expofée à tous mo-
» mens à perdre ma vie ou l'honneur,
» & OMAR dont mon malheur m'a fait
» Efclave, veut me faire une indigne
» violence. Si vous êtes Chrétien, & fi
» vous avez de la naiffance & de la vertu
» comme on me l'a dit, jugez de ce que
» fouffre une femme Chrétienne &

chaſte dans un tel danger ; & ſi vous «
êtes ami d'OMAR , ſongez qu'il eſt »
de votre devoir de le détourner du «
crime qu'il médite.

Lorſque j'eus lû cette Lettre qui
étoit addreſſée au Chrétien Ami d'Hus-
SEIN , parce qu'on ne me connoiſſoit
dans Alger que ſous ce nom , je demandai à celui qui me l'avoit renduë , ce que
je devois faire. Il héſita d'abord ; enfin
il me conſeilla de dire qu'étant vis-à-
vis le Palais d'OMAR , on me l'avoit
jettée d'une fenêtre , & j'approuvai ce
deſſein. Je m'informai enſuite comment
on lui avoit confié ce billet , & il me répondit, que l'union qui étoit entre ſon
Maître & OMAR, étoit cauſe que leurs
Eſclaves ſe voyoient ſouvent. Que pour
lui, étant Eunuque noir, il pouvoit entrer
hardiment dans les Harams ; & que cette commodité lui avoit donné occaſion
de voir celui d'OMAR, où une belle
Dame l'avoit invitée par de grande promeſſes à me faire tenir cette Lettre.

X iiij

CHAP. XV.

*Don Antonio trouve une Maîtresse,
lorsqu'il s'y attendoit aussi peu qu'à
reconnoître un Rival.*

APrès avoir appris ces choses, je
retournai à ma maison, où un inf-
» tant après, HUSSEYN entra. Seigneur
» ANTONIO, me dit-il, je viens de voir
» une chose étonnante. Je vous ai racon-
» té que mon ami OMAR fut pris sur un
» Vaisseau RAGUSIEN à l'âge de dix ans;
» & que HALI charmé de ses belles qua-
» lités, le tira de l'Esclavage & de la
» Religion où il étoit, pour le faire he-
» ritier universel de ses biens. Mais l'a-
» mour qu'il conçût pour ma mere, lui
» fit oublier l'amitié qu'il avoit pour
» lui, & en mourant, il le laissa dans
» un triste état. Je l'en retirai, dès que
» je fus le maître de le faire ; je l'associai
» à ma fortune & à mes desseins, & je
» le mis bien-tôt en état de se passer de
» mon amitié. Cependant, ces bienfaits
» ne le détacherent point de moi, com-

me il arrive ordinairement ; & peu de «
freres s'aiment autant que nous. «

Mais j'ai été entraîné par le plaisir «
de parler de mon ami, je reviens main- «
tenant à ce que j'ai voulu vous ra- «
conter. OMAR étant allé à Tunis il y «
a huit jours, y vit chez un de ses amis «
un vieux Esclave qui le regardoit avec »
attention. La curiosité du Chrétien «
lui inspira celle de lui demander s'il le «
connoissoit. Je ne sçai, lui dit l'autre «
en mauvais Turc, mais je le crois, & «
je suis surpris, si je ne reconnois pas «
en vous les traits d'une Fâmille Ragu- «
sienne que je servois. Là-dessus, on l'a «
interrogé sur son nom, sur celui de «
cette Famille, & on a découvert enfin «
qu'OMAR est fils de CESARE GIRO- «
LAMO pere de votre Rival, car les «
noms & les temps, tout se rapporte «
bien. Sur le champ, il a payé la ran- «
çon de ce malheureux, & il l'a amené «
chez lui, dans le dessein de le ren- «
voyer en Italie à la premiere occa- «
sion. «

Maintenant il me prie de lui indi- «
quer le Marchand Syrien auquel j'ay «
vendu son frere, & il veut lui rendre «
sa liberté. Mais je ne le connois point, «

» je fçai feulement qu'il eft d'Alep, &
» je le lui ai dit. Que penfez-vous de
» cette avanture là ? qu'elle eft extraordinaire, lui dis-je, & elle me fait un
plaifir fingulier. Je veux en feliciter
OMAR, & fi vous voulez me condui-
» re chez lui, ce fera dès demain. Soit,
» me dit GODGI HUSSEYN, mais au-
» jourd'hui il faut que je me diveriffe
» avec vous, car notre RAMADAN m'a-
» voit empêché de le faire jufqu'ici. En-
» fin le BEYRAM eft venu, & nous pou-
» vons faire bonne chere à prefent.

En même temps, j'ordonnai les ap-
prêts d'un repas à un Efclave Italien que
j'avois, & je le fis fervir en fi peu de
temps qu'on fut auffi furpris de cette
promptitude, que de la délicateffe de nos
mets. Après le diné qui dura affez long-
temps, parce qu'il m'avoit amené deux
amis qui trouvoient mon vin bon, je
leur fis des prefens à la maniere Orien-
tale ; & je donnai une fort belle bague à
HUSSEYN, auquel je fis promettre qu'il
reviendroit me prendre le lendemain.
En effet il n'y manqua pas, & il vint
chez moi dès neuf heures du matin,
fuivi de deux Efclaves, dont l'un portoit un habillement Turc de la derniere

magnificence. C'étoit un Turban d'une
mousseline rayée d'or, une longue robe d'écarlate, une veste de drap d'or,
& le cimeterre & le poignard enrichis
de plusieurs diamans.

Pour cette fois, me dit-il en riant, "
le Seigneur ANTONIO, ne se défendra "
point de recevoir mon present, car "
les loix d'Alger veulent que les Etran- "
gers s'habillent à notre maniere, "
quand ils passent chez nous plus d'un "
mois. Il sçait bien que ce temps est ex- "
piré, ainsi, il doit s'en prendre à elles, "
& non pas à moi. Sur le champ il m'ai- "
da lui-même à ôter mon pourpoint, un
Esclave me mit la veste, & il m'attacha
le poignard & le cimeterre à la ceintu-
re. Ensuite il me demanda si je voulois
essayer ce nouvel habit, en allant chez
OMAR. Oui, lui dis-je, mais je vou- "
drois sçavoir auparavant, une chose "
sur laquelle je ne pûs vous interroger "
hier, en un mot, ajoutai-je tout bas, "
je voudrois sçavoir qui est celui que "
vous voyez. En même temps, je lui
montrai l'Esclave inconnu que j'avois
appellé dans ma chambre exprès. Il me
répondit qu'il n'en sçavoit rien, sinon
qu'il avoit été pris par OMAR, sous un

habit de Soldat, quinze jours après mon arrivée à Alger ; mais qu'il s'étonnoit que je n'eufle pas obligé ce Chrétien à m'avoüer ce que je souhaitois.

Je lui rapportai là-deffus l'avanture du Jardin ; & je lui découvris les mouvemens secrets de jaloufie qu'elle avoit excités en moi, sur ce que j'avois crû que c'étoit GIROLAMO. HUSSEYN m'affura que ce n'étoit pas lui, & il me fit efperer que fon ami me donneroit fur cette affaire les lumieres que je voudrois. Après cela nous partîmes, & nous allâmes chez OMAR qui n'étoit pas chez lui. En l'attendant, nous entrâmes dans le Jardin, où nous nous affimes fur un beau gazon. Nous y étions à peine que je remarquai à une fenêtre qui donnoit fur nous, une Dame qui fe retira dès qu'elle m'apperçut. Mais j'eus le temps de la voir, parce qu'elle avoit le voile levé, & je fus fi peu maître de moi, que je fis un grand cri qui étonna CODGI HÜSSEYN.

Qu'avez-vous donc ? me dit-il, mon cher ANTONIO. J'étois fi faifi, qu'à peine entendis-je ce qu'il difoit. Enfin je revins à moi & j'allois répondre, lors qu'OMAR vint nous trouver. Il étoit fi

plein de joye de la découverte qu'il venoit de faire du Marchand Syrien qui
avoit acheté GIROLAMO, qu'il ne pût
s'entretenir d'autre chose. Mais lorfqu'il se fut soulagé en nous faisant part
de cette agréable nouvelle, il s'apperçut de la pâleur extraordinaire qui paroissoit sur mon visage, & il m'en demanda le sujet dans des termes obli-
geans. Je lui fis accroire que j'avois été
attaqué dans le moment d'une violente
douleur, & je le priai ensuite de m'é-
claircir sur la condition de l'Esclave inconnu. Mais il ne put m'en instruire, &
je retournai au logis d'HUSSEYN, sans
avoir rien fait. Car je n'étois gueres en
état de parler à OMAR de la lettre qu'on
m'avoit donnée, outre que je ne sçavois
de quels moyens me servir pour en parler avec succès.

Lorsque je fus chez CODGI HUSSEYN,
je me jettai sur un Sofa, accablé de douleur ; & sans songer qu'il étoit avec moi,
je m'abandonnai aux tristes rêveries où
des chagrins excessifs peuvent jetter un
amant. Pendant ce temps-là, il s'étoit
assis auprès de moi, & il me regardoit
avec des yeux qui marquoient combien
il prenoit de part à ce qui me touchoit.

A la fin, je sortis de ma distraction ; &
je rougis de ce j'avois fait.

Ah ! Seigneur, dis-je à mon ami, par-
donnez à des disgraces imprévûës ; l'état
où vous me voyez, tout ce qui se pre-
sente ici me confond. Je rencontre chez
moi un Rival heureux. J'ai lieu de croire
que c'est GIROLAMO, & ce n'est point
lui. Je fais des efforts pour découvrir
qui il est, & tous ces efforts ne me ser-
vent de rien. Chez OMAR, je trouve
LUCRETIA, que j'ai encore la foiblesse
d'aimer, malgré celle qu'elle a euë de me
sacrifier à un indigne Rival ; & je la
trouve dans un Haram, où sans doute
elle fait encore la felicité d'un autre,
qu'elle trahira aussi bien-tôt. Oüi, Seigneur, lorsque j'ai poussé ce cri invo-
lontaire qui vous a étonné, j'avois vû à
la fenêtre, l'original du funeste portrait
que je vous ai dit ; en un mot j'avois
vû la perfide LUCRETIA. L'ingrate
avoit tâché en vain de m'oublier. Mes
traits étoient gravés dans sa memoire,
& elle les a reconnus sous ma veste Turque. Elle n'a pû soutenir une vûë qui lui
reprochoit sa legereté, elle a baissé son
voile, & elle s'est retirée avec précipitation dans son Appartement du Serail.

HUSSEYN voulut me repreſenter que je m'étois trompé, que LUCRETIA étoit à Veniſe, quand j'en étois parti, & que devant y demeurer, ſelon toutes les apparences, il n'étoit pas vraiſemblable qu'OMAR l'eût fait captive, & qu'elle fût dans ſon Palais. Mais au lieu d'écouter ſes raiſons, je lui répondis d'un air bruſque; elle y eſt donc par enchantement, car je l'y ai vûë de mes propres yeux. HUSSEYN continua de me redire qu'il étoit impoſſible que cela fût, & que j'avois vû une Perſonne qui lui reſſembloit, mais qui n'étoit pas celle que je croïois : que la maniere dont elle avoit quitté la fenêtre, en m'appercevant, n'avoit rien qui dût m'étonner, & que c'étoit la coûtume de toutes les Femmes parmi les Orientaux, de ſe cacher à tout autre qu'à leur Epoux. Il ne me perſuada pas, & je revins chez moi, accablé de triſteſſe.

CHAP. XVI.

*Arrivée de Girolamo. Une partie des
inquiétudes d'Antonio dissipées.*

AUssitôt que je fus seul, je m'oc-
cupai à chercher de nouveaux
moïens d'éclaircir cette avanture em-
barrassée. Tantôt je voulois appeller
l'Esclave inconnu, auquel les autres ne
donnoient que le nom de MARCIO; &
le conjurer de m'ouvrir son cœur : &
tantôt il me sembloit que je devois m'a-
dresser à son confident. Mais dès que
j'étois prêt de les faire venir, je me sou-
venois que le premier ne voudroit pas
me répondre, qu'il l'avoit assuré lui-
même dans le Cabinet ; & que le second
ne pourroit m'instruire de rien, supposé
qu'il l'eût voulu. Je ne sçavois plus quel
parti embrasser. Car demander à OMAR
si LUCRETIA étoit dans son Haram :
premierement, je n'en doutois pas : outre cela, comme il avoit appris mes
avantures avec elle, il ne m'auroit pas
dit la verité là-dessus, pour n'être pas
obligé de me la rendre, ou de me la refuser :

fufer: il auroit pû même arriver, que
mes queſtions auroient excité ſa jalouſie,
& qu'il m'auroit ſoupçonné d'un commerce avec ſes Femmes, qui l'auroit
rendu mon ennemi. Car il ne faut rien
pour inquiéter un jaloux, & les Turcs
ne le ſont pas peu.

Quelquefois je formois le deſſein de
m'introduire dans ſon Serrail, par le
moien de l'Eunuque noir qui m'avoit
rendu cette Lettre que j'ai dite, & d'y
chercher moi-même l'inconſtante L u-
c r e t i a ; & je me faiſois un plaiſir de
penſer à celui que j'aurois de lui repro-
cher ſa legereté. Mais d'autres réflexions me faiſoient condamner cette entreprife. J'expoſois ma vie, celle de celui qui m'auroit aidé, peut-être même
celle de Lucretia, & enfin je violois
ce que je devois à un ami de mon Hôte.
Cela me retint, & je m'arrêtai à un autre
deſſein qui me parut meilleur. C'étoit
d'écrire à la Dame du Serrail d'Omar,
qui m'avoit écrit, & de la charger de
rendre à Lucretia, une Lettre que
j'inſererois dans la ſienne, & qui feroit
pleine de tous les reproches qu'un Amant
ſe croit en droit de faire à qui l'a trahi.

Je m'applaudis de cette merveilleuſe

Y

invention, je fis les deux Lettres pendant une partie de la nuit; & j'envoïai
le lendemain un Esclave chercher l'Eunuque noir de CODGI HUSSEYN, &
le prier de venir secrettement chez moi.
Dès que je le vis arrivé, je lui donnai
ce paquet, car c'en étoit effectivement
un, tant ma dépêche à LUCRETIA étoit
ample; & je le conjurai de rendre cela
promptement à la personne qui l'avoit
chargé de sa Lettre pour moi.

Dès que j'eus fait cela, je me sentis
soulagé, & je me jettai sur un lit, accablé de fatigue & de sommeil. J'y fus à
peine, que je m'endormis, & je ne fus
réveillé que par le retour de l'Eunuque,
qui revint long-temps après. Il m'annonça qu'il s'étoit acquitté d'une partie
de sa commission, & qu'il avoit confié ma
Lettre au Chef des Eunuques d'OMAR;
mais qu'il n'en avoit pû avoir de réponse, parce que tout le monde étoit
occupé chez OMAR à recevoir un Esclave Chrétien qui étoit son frere, à ce
qu'on disoit. Je lui demandai comment
il se pouvoit faire qu'il fût arrivé déja,
puisqu'on l'avoit amené à Alep, & il me
répondit qu'il avoit oüi dire confusément, qu'il avoit été trouvé dans la

Maison de Campagne d'un riche Marchand d'Alger, & que c'étoit tout ce qu'il
en sçavoit.

Sur le soir, CODGI HUSSEYN
vint me voir, & comme il me vit plus
guai que le jour précedent, il m'aborda
aussi d'un air plus ouvert ; & il me demanda en riant, si je sçavois que mon
Rival étoit arrivé ? Oüi, lui dis-je, je le
sçais. Hé bien, me dit-il, vous pour- «
rez vous battre maintenant avec lui. «
Vous êtiez parti de Venise, pour le «
chercher à Raguse, & il vient lui- «
même vous trouver à Alger. Rien n'est «
plus honnête que cela. Mais quand j'y «
pense, ce sera quelque chose de joli, «
de voir deux hommes qui ne se con- «
noissent seulement pas, vouloir se tuer «
l'un l'autre, s'en aller en causant de «
sens froid, au lieu destiné à leur com- «
bat, & se faire des civilités mutuelles «
pour le choix des Epées. Mais ce qu'il «
y aura de plus drôle, c'est que GIRO- «
LAMO qui ne me paroît nullement bra. «
ve, car je l'ai vû assez pour en juger, «
n'osera vous refuser quand vous l'ap- «
pellerez ; & il faudra, selon les regles «
de votre *Arte Cavalleresca*, qu'il «
vous suive, sans marquer de peur, au «

» lieu où vous aurez réfolu de l'égorger.
» Ce fera le premier Duel que nous au-
» rons vû ici. C'eft pourquoi vous ne
» manquerez point de fpectateurs, fi
» l'on pénétre votre deffein. Mais, je
» vous en avertis, vous ferez paffer les
» Italiens pour des barbares, ou pour
» des fous. Un Duel à Alger ! non, je
» n'en fçaurois revenir, cela eft plai-
» fant.

Cette judicieufe raillerie d'Husseyn
me piqua, & je lui répondis d'un air
plus fec que je n'aurois voulu : Cela
étant, Seigneur, je ne me battrai point
contre Girolamo. En effet, pourquoi
lui voudrois-je du mal ? quoi ! parce
qu'il m'a enlevé la main de Lucretia ?
Je dois lui en fçavoir bon gré ; car il m'a
fauvé par là du chagrin de voir ma femme me trahir. Outre cela, on n'a pas
tardé à me venger de lui, & un autre lui
a bientôt ravi le cœur de fon Epoux,
témoin ce Portrait que j'ai vû entre les
mains de mon Efclave, & qui eft fans
doute une faveur de la galante Lucretia. C'eft pourquoi, fi quelqu'un doit
être irrité, c'eft Girolamo, & je lui
confeille d'envoyer un Cartel à fon frere
Omar & à Marcio ; & je lui fervirai
de Second contre eux.

Huss e y n fut étonné de ce difcours, & il me demanda fi je croïois donc encore que Lucretia fut chez Omar. Je lui répondis que j'en étois fûr, & que j'irois voir Girolamo, pour lui faire compliment fur les heureux talens de fa chere Lucretia. Quels talens donc me dit-il ? Quels talens, lui dis-je ! Quoi, comptez-vous qu'il n'en faille pas de grands pour acquerir en un mois & demi trois Amans & un Epoux ? Où eft l'Algerienne, qui en fi peu de temps auroit fait fucceder Girolamo à Antonio de Buffalis, Marcio à Girolamo, & Omar à Marcio ? Vous avez raifon, répondit Husseyn " d'un ton ironique ; mais vous oubliez " encore une chofe. Où eft l'Algerienne, " qui en fi peu de temps feroit partie de Venife, fe feroit mariée à Ragufe, & feroit venuë à Alger, à moins que ces chofes ne fe fuffent faites par enchantement ?

Je lui repliquai que je ne pouvois m'empêcher de trouver fon raifonnement jufte, mais que malgré moi, je me rapportois du contraire à mes yeux ; & nous changeâmes enfuite de converfation. Il me rapporta que Girolamo fe

voyant vendu à un Marchand Syrien,
avoit défesperé de fortir jamais d'esclavage; que le chagrin lui avoit caufé une
langueur, qui avoit obligé fon Maître à
le revendre à un Negociant d'Alger nommé Abu Talib; & que celui-ci l'a-
voit envoyé à une belle Maifon à trois
milles de la Ville. Enfin, que c'étoit là
qu'Omar l'avoit trouvé, lorfqu'il ne
l'efperoit pas ; & qu'Abu Talib ayant
appris par le bruit public, qu'Omar
cherchoit un Girolamo fon frere, il le
lui avoit renvoyé.

Pendant que Husseyn m'entretenoit
ainfi, on vint m'avertir que quelqu'un
vouloit me parler en fecret ; & cela fut
caufe que mon ami me quitta. Lorfqu'il
fut parti, fon Eunuque noir qui s'étoit
caché pour n'être point vû, fe montra,
& me donna en même temps une Lettre,
qu'on lui avoit remife un peu après qu'il
étoit forti de chez moi. Je l'ouvris avec
empreffement, perfuadé que je trouve-
rois avec elle, une réponfe de Lucretia
aux tendres injures que je lui avois dites.
Mais il n'en étoit rien, & il n'y avoit
que ceci qui étoit de la même main qui
m'avoit déja écrit.

  » Seigneur, vous m'avez envoyé deux

Lettres, l'une pour moi, l'autre pour «
Dona LUCRETIA. Comme il n'y a «
personne ici qui porte ce nom, & que «
j'ai une sœur qui le porte, j'ai crû que «
c'étoit à elle que vous l'adressiez. Le «
nom d'ANTONIO DE BUFFALIS «
que j'ai vû au bas de ce que vous m'é- «
criviez, m'a confirmé encore dans «
cette opinion. J'ai donc pris la liberté «
d'ouvrir ce Billet, & j'ai crû que je «
vous ferois plaisir d'en agir ainsi. Je «
n'ai point été trompée, & quoique «
vous lui marquiez plusieurs choses aus- «
quelles je ne puis répondre qu'à demi, «
parce que je ne les comprens pas bien, «
je puis du moins vous assurer, que vous «
faites des plaintes injustes de ma sœur, «
& que c'étoit moi que vous prîtes hier «
pour elle dans le Jardin. Elle est à Ve- «
nise, elle n'en est jamais sortie, & je «
ne conçois point qui peut être cet «
Esclave dont vous parlez. Je sçais seu- «
lement qu'elle n'eut jamais d'Amant «
qui s'appellât ainsi. C'est pourquoi le «
Portrait me surprend autant que vous. «
Maintenant je vous supplie de m'ex- «
pliquer à votre tour, qui est ce cher «
Epoux dont vous lui annoncez la dé- «
livrance prochaine, & de m'apprendre «

» son nom. J'ai peut-être un grand inte-
» rêt à le sçavoir. Mais sur tout dites-
» moi ce que vous entendez par cette
» innocente tendresse pour son frere
» OMAR, sur laquelle vous la raillez.
» Je ne puis le deviner, & vous m'obli-
» gerez de m'en éclaircir. Car depuis
» que je vous ai écrit, OMAR m'a fait
» renfermer dans mon Appartement ; &
» comme la résistance que j'ai faite à ses
» barbares emportemens l'a irrité, je ne
» le vois plus. Je ne vois même que ra-
» rement l'Eunuque que j'ai gagné pour
» être le porteur de mes Lettres, &
» quand il vient, il n'ose demeurer long-
» temps avec moi, de peur de devenir
» suspect. C'est ce qui fait que je me suis
» dépêchée de vous écrire, & que j'ai
» oublié plusieurs choses, pour ne le
» point faire attendre trop. Mais du
» moins je n'ai rien omis de celles, qui
» pouvoient vous procurer un repos,
» dont moi-même je ne joüis pas. Adieu,
» souvenez-vous de

　　　GIUSTINA, Fille de PAOLINO.

CHAP.

CHAP. XVII.

Qui étoit l'Esclave inconnu. Son Histoire & son Portrait, qui est celui de peu de Personnes de sa condition.

ON ne peut être plus content que je le fus à la lecture de cette Lettre. Il me sembla qu'on m'avoit arraché de dessus les yeux le voile épais qui les avoit couverts ; & je découvris je ne sçais combien de choses ausquelles je n'avois seulement pas pensé. Je reconnus que GIUSTINA étoit cette sœur de LUCRETIA, qui avoit épousé le frere aîné de mon Rival ; & je compris qu'elle auroit bien pû être prise en allant en Italie traverser mon mariage. Ainsi je trouvois LUCRETIA innocente des trahisons que je m'étois imaginé qu'elle m'avoit faites, & il n'y avoit plus que ce Portrait de MARCIO qui m'inquiétoit encore un peu. Mais il me sembloit qu'il pouvoit n'être pas d'elle, mais de Dona GIUSTINA. Ces deux sœurs se ressembloient assez, pour que cela eût pû donner

Z

ner lieu à mon erreur. Outre cela, j'a-
vois remarqué quelques traits dans cette
Peinture, que je ne connoissois point
dans le visage de la Cadete, & que j'a-
vois attribués alors à la faute de l'ou-
vrier. Je ne doutois presque plus que la
jalousie & la prévention ne m'eussent
aveuglé sur ce point, & que MARCIO
ne fût un Amant de Dona GIUSTINA;
& il me paroissoit bien aisé de n'en douter bientôt plus.

Je fis donc venir MARCIO, & je lui
dis que j'avois des choses importantes à
lui apprendre, & à apprendre de lui;
mais que j'attendois de sa sincerité une
confiance entiere, & qu'il devoit esperer à son tour un secret éternel de ma
part. Ce début extraordinaire l'inquiéta,
comme j'avois prévû qu'il feroit, & il
changea plusieurs fois de couleur. Je ne
fis point semblant de m'en appercevoir,
& je continuai mon discours en ces termes: Je sçais, lui dis-je que vous sçavez
peindre; outre que je croyois vous avoir
vû travailler plusieurs fois à de petits
Ouvrages de Mignature, vos Compagnons me l'ont encore assûré. Ainsi ce
que j'exige de vous, c'est que vous fas-
siez mon Portrait, dont je veux faire

préſent à une belle Italienne , qui eſt ici
depuis un mois.

Lorſqu'il vit qu'il ne me faloit que
cela, il ſe remit de ſon trouble , & il me
promit de me ſervir comme je ſouhaitois. Cela me ſurprit , parce que j'avois
penſé que ces derniers mots feroient un
effet contraire ſur ſon eſprit. Je pris donc
le parti de lui parler plus clairement ,
puiſqu'il ne m'avoit peut-être pas entendu , & de lui faire une fauſſe confidence. Vous connoiſſez , lui - dis - je ,
OMAR ? Oüi , me dit-il, c'eſt lui qui «
prit notre Vaiſſeau il y a un mois , & «
j'y perdis ma liberté , & quelque cho- «
ſe encore de plus précieux. Hé bien, «
lui dis-je , il a dans ſon Serrail une jeune Venitienne d'une beauté extraordinaire. Vous en jugeriez de même , quoique vous ne ſoyez pas ſon Amant comme moi. Je la vis un jour à une fenêtre ,
& je l'aimai dans l'inſtant. Vous ſçavez
quelle garde font les Algeriens auprès
de leurs Femmes. Cela m'auroit déſeſ-
peré , ſi je n'avois pas compté ſur l'ava-
rice des Eunuques , & que mes préſens
en adouciroient quelqu'un. En effet , je
gagnai un de ceux qui la gardent , pour
lui rendre une Lettre , & elle la reçut

Z ij

affez bien, puifqu'elle m'envoya celle-ci. (En même temps je lui montrai celle de GIUSTINA dont je lui fis voir l'écriture :) c'eſt pourquoi, ajoûtai-je, je ne crois point trop hazarder de lui envoyer mon Portrait. Qu'en dites - vous, & Dona GIUSTINA peut-elle le trouver mauvais ?

A ce nom, MARCIO ne put s'empêcher de s'écrier d'un air douloureux : » Ah perfide GIUSTINA ! aurois-je » jamais craint un pareil malheur ? Je » te croyois morte. Hélas ! il eut mieux » valu pour moi, que tu l'euſſes été, ou » plûtôt, que moi - même je fuſſe péri. Après avoir dit cela, il s'apperçut des paroles qui venoient de lui échaper ; & après avoir rêvé encore un peu, il s'adreſſa à moi, pour me demander excuſe de cette exclamation, qu'il n'avoit pû ne pas faire, en apprenant une choſe qui touchoit un de ſes amis de ſi près. Je ne ſçus ſi ce qu'il avançoit étoit vrai, ou s'il diſſimuloit ſes ſentimens. C'eſt pourquoi, je lui répondis que j'étois mieux inſtruit que lui du ſort de ce GIROLAMO dont il parloit, qu'il étoit mort, que ſa veuve me l'avoit aſſuré ; & qu'ainſi je ne lui faiſois point d'injuſtice en ſuccedant à son bonheur; que c'étoit mon unique dessein, & que nous avions des moïens sûrs de le faire réussir.

Je voulus le prier de m'y servir; mais il n'étoit plus le maître de m'entendre, il se trouvoit mal, & il tomba sur un sofa, d'où je le fis enlever, pour lui faire donner ailleurs tous les remedes dont il avoit besoin. Je ne balançai plus à croire, que j'avois fait des conjectures veritables sur ce qui le regardoit, & qu'il n'avoit d'autre interêt à GIUSTINA, que celui que lui faisoit prendre son amour. Cette pensée me détermina à lui rendre la tranquillité, dès qu'il seroit en état de m'écouter, & j'en trouvai l'occasion le lendemain.

J'allai le voir dans sa chambre, & comme je m'en étois approché doucement, pour ne le point réveiller, s'il dormoit; il ne m'entendit point venir; & je le surpris avec le Portrait de Donà GIUSTINA dans la main. Ma présence le fit rougir, & il fut embarrassé de ce que je l'avois découvert; mais ce que je lui dis, le fit tomber bientôt dans un plus grand embarras. Seigneur, lui dis-je en riant, voilà ce que vous vous attirez en cachant vos secrets à vos amis.

Z iij

On les penétre fans votre fecours, &
l'on eft obligé de vous faire une petite
tromperie, pour vous faire convenir de
ce qu'on fçait déja. Si je ne vous avois
point rendu jaloux au point que je fis
hier, vous m'auriez toujours regardé de
mauvais œil, & j'aurois perdu l'occafion
de vous marquer mon amitié, en vous
rendant votre chere GIUSTINA.

» Ah, Seigneur, me dit-il, fe pour-
» roit-il bien que vous me pardonnaffiez
» ma réferve, & que vous ne m'euffiez
» pas ôté ce cœur que je préfere à tous les
» Biens? Je ne lui répondis qu'en l'embraffant, & en lui faifant lire cette même
Lettre, qui lui avoit caufé le jour précedent une inquiétude mortelle. Il me re-
mercia de la maniere la plus tendre de
ce que je venois de faire, & il me parla
en ces termes :

» Seigneur, quand vous n'auriez pas
» appris par d'autres voies, une chofe
» que je croyois ignorée de tout le mon-
» de, & que je voulois fur tout, vous ca-
» cher, je croirois maintenant manquer
» à ce que je vous dois, fi je m'obftinois
» encore à vous en faire un fecret. Je
» me contenterai donc de fupprimer ce
» que vous en fçavez, & je commence

rai par le voyage que je faifois pour «
GIOVANNI GIROLAMO mon frere, «
lorfque que je fus pris par OMAR. «

On ne peut être plus furpris que je le
fus de cet exorde, qui m'annonçoit que
MARCIO étoit l'Epoux, & non pas l'A-
mant de Dona GIUSTINA. Aufli je ne
pus m'empêcher de le lui témoigner, en
m'écriant : Quoi, vous êtes OTTAVIO,
le frere de GIROLAMO, de mon Rival,
de celui qui veut m'enlever LUCRETIA!
Jamais homme ne fut plus étonné qu'il
le fut à fon tour. Il me demanda fi je venois de l'apprendre, & fi je ne lui avois
pas dit que j'en étois informé ? Je ne
voulus point lui avoüer ce que je penfois,
& je me contentai de lui dire que je fçavois bien qu'il étoit Mari de GIUSTINA;
mais que j'avois ignoré qu'il fût parent
de GIROLAMO. Je le priai enfuite de
continuer, & il le fit ainfi.

J'époufai il y a un an la fille aînée de «
Meffer PAOLINO, & mon Pere pro- «
pofa en même temps à celui de mon «
Epoufe, d'unir nos deux Familles par «
un double Mariage. Comme cette «
propofition leur étoit avantageufe à «
tous deux, elle fut acceptée fans dif- «
ficulté. Mon frere fit un Voyage à «

Z iiij

» Venife, où il vit LUCRETIA qu'on lui
» deftinoit. Cette belle fille a tout ce
» qui peut plaire ; cependant il demeura
» deux mois auprès d'elle, fans marquer
» aucun empreffement ; & il revint à
» Ragufe plein de froideur & d'inven-
» tions pour differer cette alliance que
» nous fouhaitions. Mon Pere en fut
» irrité, il le lui fit fentir par des dif-
» cours vifs, & enfin il tira de lui une
» promeffe qu'il nous fatisferoit au bout
» de trois mois. On lui accorda ce délai,
» & pendant ce temps-là, mon Beau-
» pere écrivit, qu'un nommé Don AN-
» TONIO DE BUFFALIS lui avoit
» demandé fa Fille, & avoit pris pour
» l'obtenir le nom du Comte MASSIMO.
» Qu'à la verité, tel qu'étoit ce jeune
» Homme, il pouvoit prétendre à LU-
» CRETIA ; mais qu'outre qu'il ne vou-
» loit pas retirer la parole qu'il nous
» avoit donnée, il étoit fi indigné de
» cette rufe qu'il la vouloit punir, & nous
» mettre de moitié de cette vangeance
» avec lui. Qu'en un mot, il faloit hâter
» de marier GIOVANNI & fa fille, &
» qu'enfuite nous nous vangerions.
»   Je ne fçais pas bien fi cette impa-
» tience de fe défaire de LUCRETIA

dans de pareilles conjectures, fut fuf- "
pecte à mon Pere, & s'il ne crut pas "
que vos affaires étoient trop avancées "
auprès de ma Belle-fœur. Peut-être "
auffi l'éloignement que fon Fils témoi- "
gnoit toujours de fe marier, fut la "
feule caufe de fa réfolution : ou bien "
il s'imagina, que PAOLINO nous avoit "
voulu manquer de parole, avant qu'il "
fçût qui vous êtiez. Quoiqu'il en foit, "
comme je devois aller avec GIUSTINA "
à Dulcigno, & de là à Venife, il nous "
chargea de rompre cette affaire quand "
nous y ferions, & de prétexter l'in- "
difference que fon Fils fe fentoit fur "
cet article là. "

Nous partîmes de Ragufe après "
avoir reçu ces inftructions, & nous "
fîmes à Dulcigno, ce pourquoi nous y "
étions allé. Nous nous remîmes enfuite "
en mer, où nous fûmes attaqués vers le "
foir par un Corfaire Algerien. En peu "
de temps nous fentîmes que nous lui "
étions inferieurs de beaucoup. C'eft "
pourquoi, tandis que le Capitaine fe "
rendoit, je pris au plus vîte les hâbits "
d'un Soldat qui avoit été tué, afin qu'on "
n'exigeât pas de moi une fi groffe ran- "
çon. Mais lorfque je fortis du fonds "

» de cale où je m'étois déguisé, je vis ma
» femme s'échapper des mains de deux
» Turcs, & se jetter dans l'eau. Je crus
» alors qu'elle étoit perduë, & sans m'a-
» muser à considerer que j'étois seul con-
» tre tant de Barbares, je fondis l'épée
» à la main sur eux, résolu de vanger
» Dona GIUSTINA, & de périr. Mais
» je ne fis ni l'un ni l'autre, & d'un coup
» de pommeau qu'on me donna sur la
» tête, un Turc m'étendit à ses pieds.
» Puisque GIUSTINA m'a crû mort, ap-
» paremment on l'avoit déja retirée de
» l'eau, & elle avoit vû cela. Ensuite on
» me chargea de chaînes, & l'on m'en-
» ferma avec les autres Chrétiens, jus-
» qu'à notre arrivée à Alger, où j'échus
» à CODGI HUSSEYN, qui étoit de
» moitié de cette prise avec OMAR.
»   Le jour que j'entrai chez mon nou-
» veau Maître, il me fit monter dans son
» Divan avec son ami; & après m'avoir
» interrogé sur ma condition que je lui
» celai, il s'entretint avec lui en Turc
» de la maniere dont il avoit été à Venise
» & à Raguse, & de ce qu'il y avoit fait.
» Comme je sçais parfaitement cette
» Langue, qui nous sert dans notre
» Commerce, j'entendis le commence-

ment de cet entretien, & j'appris qu'il «
avoit enlevé mon Frere, pour vanger «
Don A n t o n i o d e B u f f a l i s. «
Mais je n'entendis aucune circonstan- «
ce, parce que H u s s e y n, qui jusques «
là n'avoit pas fait d'attention à moi, «
m'apperçut & m'ordonna de sortir. Je «
ne sçavois pas alors que ce fût vous, «
& je ne l'appris que d'un Esclave Fer- «
rarois qui le dit à un Esclave qui est «
ici. «

Quoiqu'il fût difficile de ne pas «
croire ce rapport, cependant je n'y «
voulus point ajoûter foi. Mon Beau- «
pere m'avoit donné de vous une mau- «
vaise impression, le malheur de mon «
Frere m'avoit donné encore de plus «
odieuses idées de votre caractere, & «
je n'appercevois rien en vous, de ce «
que je me figurois de Don A n t o n i o. «
Ainsi j'amois mieux rester dans le dou- «
te où j'étois par rapport à vous, que de «
m'en éclaircir mieux, & je craignois «
de perdre l'estime & la reconnoissance «
que je vous devois, si je venois à vous «
connoître un jour. C'est pourquoi je «
ne voulus, ni vous le demander, ni «
vous dire qui j'étois. Mais à present je «
suis persuadé que j'ai eu tort de vous «

,, le cacher ; & fans doute il eft arrivé
,, des chofes que j'ignore, & qui vous
,, juftifient affez.

Je lui répondis qu'il me rendoit juftice, & je lui racontai enfuite la maniere
dont Giovanni Girolamo avoit
été pris fans que j'en fçuffe rien ; ce qui
étoit arrivé depuis ; les efforts que j'a-
vois faits pour obtenir fa liberté ; & l'é-
venement extraordinaire qui la lui avoit
renduë depuis deux jours. Perfonne n'a
jamais été plus content que Marcio le
fut de ces nouvelles, fi ce n'eft moi. Il
retrouvoit à la fois une Epoufe, deux
Freres, & la Liberté ; mais je retrouvois
quelque chofe que j'eftimois plus. Je retrouvois Lucretia fidele, & aucun
obftacle ne m'empêchoit plus de l'obtenir de Paolino. Outre cela j'acque-
rois un ami que j'eftimois, & qui le méritoit.

En effet il n'avoit aucun de ces défauts
communs parmi les riches Négocians.
Point de diffimulation, de ridicule fier-
té, d'attachement fordide au gain & de
manieres plattes ; enfin j'avois eu lieu de
croire qu'il étoit d'une naiffance plus il-
luftre, qu'effectivement il n'étoit. Je me
fis un plaifir de lui donner la liberté moi-

même ; & comme il appartenoir à Gon-
gi Husseyn, j'allai fur le champ chez
lui ; & le priai de me donner Marcio,
pour en faire ce que je voudrois. Cette
demande l'étonna, cependant il ne differa point de me l'accorder , & il ne s'in-
forma pas même de mon deffein.

CHAP. XVIII.

Le moins merveilleux du Livre.

LE jour fuivant , je revêtis le faux
Marcio d'un habit magnifique que
j'avois apporté d'Italie. Je lui remis enfuite une petite chaîne qu'il portoit ordinairement, & je le menai chez Omar,
dans la Cour daquel je le priai d'attendre un moment. Je le trouvai occupé à
habiller fon frere , à la maniere Turque,
& on lui mettoit un Turban fur la tête ,
lorfque j'entrai. Je m'addreffai au Maître de la maifon, & je lui dis que je venois le prier de faire ma paix avec
Giovanni Girolamo ; & que j'efpe-
rois qu'il l'entreprendroit volontiers ,
& qu'il y réuffiroit aifément , étant auffi
innocent que je l'étois.

A ce difcours, Giovanni à qui Omar
avoit raconté tout ce qui me regardoit,
me reconnut ; & comme il s'apperçut facilement que je n'avois point de part à
à fon malheur, il s'approcha le premier
de moi, & il me parla d'une maniere
qui me fit voir qu'il étoit auffi genereux
que fon frere. Seigneur, me dit-il,
,, j'aurois tort de vous imputer ma cap-
,, tivité. Omar & Husseyn m'ont tous
,, les deux appris, combien vous avez
,, eu de chagrin, de celui que mes fers
,, devoient me caufer. Mais quand ils ne
,, m'auroient pas inftruit de ces chofes,
,, votre phyfionomie vous juftifieroit
,, auprès de moi. Ainfi je dois me plain-
,, dre plûtôt de ce que nous ne nous fom-
,, mes pas connus, il y a trois mois. Je
,, n'aurois pas contribué, fans y penfer,
,, à vos malheurs, & vous n'auriez pas
,, contribué de même aux miens. Mais
,, enfin mes difgraces font finies, & je
,, me trouve trop heureux, puifqu'elles
,, me font retrouver un frere en la per-
,, fonne d'Omar.

Pendant que le jeune Girolamo
parloit, j'avois donné ordre à un Efclave, qu'il fit monter celui qui étoit en
bas, & il arriva lorfqu'il finiffoit. Je le

preſentai aux deux freres, & je les priai en riant de le rendre libre. Ils furent ſi ſaiſis de joye qu'ils ne m'entendirent pas, les larmes coulerent de leurs yeux, & ils s'embraſſerent ſans ſe dire un ſeul mot. Enfin le jeune prit la parole, & après avoir felicité OTTAVIO, ils me prierent de l'affranchir. Seigneurs, leur dis-je, je vous ai déja faits Maîtres de ſon ſort. Maintenant c'eſt à vous, Seigneur GIOVANNI, à le délivrer & à vous, OMAR, à lui rendre une Epouſe qu'il aime tendrement.

Quoi! l'ai-je, s'écria OMAR d'un " air de ſurpriſe qu'il ne pût cacher? " Oüi, Seigneur, répondis-je, c'eſt Dona GIUSTINA. O Ciel! dit-il, " de quel crime votre bonté m'em- " pêche de me ſouiller. Quoi, cette " charmante perſonne eſt ma belle ſœur! " O grand Prophete des Croyans, je " vous rends des graces infinies de lui " avoir inſpiré cette vertu auſtere, & de " m'avoir fait connoître enfin l'abyſme " affreux où j'alois me plonger. En mê- " me temps il courut à ſon HARAM, où il trouva Dona GIUSTINA baignée de ſes pleurs.

Quand elle le vit entrer, elle crût qu'il

y venoit dans un dessein criminel. Sans consulter que sa frayeur, elle sortit par une autre porte, & elle s'enfuit jusqu'à l'appartement où nous étions les deux GIROLAMO, & moi. Nous crûmes que le seul empressement étoit la cause de la précipitation avec laquelle elle couroit. Mais nous fûmes bien-tôt détrompez par ce qui lui arriva. Elle tomba sans connoissance à la porte de notre chambre, & nous vîmes OMAR qui la suivoit, devenir pâle comme la mort. Nous nous hâtâmes de donner du secours à cette belle personne, nous lui jettâmes quelques goutes d'eau sur le visage, & elle revint. Mais à peine elle eut ouvert les yeux, qu'elle les jetta sur OTTAVIO, & à cette vûë une nouvelle foiblesse la prit.

Ces deux accidens causerent une inquiétude mortelle à OTTAVIO, & il étoit dans un état aussi digne de pitié, que celui de Dona GIUSTINA. Enfin elle reprit peu à peu ses esprits, la parole lui revint, & OTTAVIO lui exprima la joye qu'il avoit de la revoir par les plus tendres caresses. Nous joignîmes nos complimens à ceux que ces deux personnes se firent, & GODGI HUSSEYN vint

un

un moment après, & joignit les liens aux nôtres.

On me pria enfuite de dire par quel fecret j'avois découvert la condition d'OTTAVIO, & la captivité de GIUSTI-NA? Je le leur contai, & ils me remercierent de ce que j'avois fait. Le reste de la journée fe paffa apparemment à fe raconter leurs diverfes avantures, car je ne demeurai pas chez OMAR, & j'allai chez CODGI HÜSSEYN avec lequel je dinai. Le lendemain, nous fûmes invitez tous deux par OMAR à une magnifique fête, & nous y trouvâmes les premiers Seigneurs d'Alger, qui le felicitoient. Les jours fuivans furent confacrés auffi aux plaifirs, & cela fut caufe que j'attendis plus patiemment la faifon de fe remettre en Mer; d'autant plus que GIUSTINA m'avoit promis de me fervir auprès du vieux PAOLINO, & que je ne voyois plus perfonne qui pût me deffervir.

Enfin le beau temps revint, & les Vaif-feaux étrangers revinrent d'abord. Nous n'attendions que le départ du premier qui alloit à Genes, & nous n'attendî-mes gueres. Nous fîmes marché avec le Capitaine qui s'appelloit FALCONE', & quinze jours après fon arrivée, il nous

A a

fit avertir qu'il alloit partir. Cette nouvelle qui devoit me donner de la joye,
me caufa une veritable douleur ; & je
fentis alors que, s'il ne me coutoit rien
de quitter Alger, il me coutoit beaucoup de quitter H u s s e y n. En effet
jamais homme n'avoit agi fi noblement
avec perfonne que lui, & jamais perfonne n'avoit eu plus de reconnoiffance
d'un bienfait, que j'en avois des fiens.
Cependant j'allai lui dire adieu, à peine
pouvions-nous retenir nos larmes, &
nous priions tous les deux le Ciel de
nous réünir encore. Il me combla de
préfens, & il me conduifit jufqu'au
Vaiffeau, où les deux G i r o l a m o &
G i u s t i n a étoient avant moi. Il nous
fouhaita auffi bien que O m a r un heureux voïage, & une heure après nous
mîmes à la voile avec un petit vent frais.

Il y avoit déja affez long-temps que
nous voguions, fans que j'euffe penfé à
ceux avec qui j'étois ; mais O t t a v i o
me tira de ma diftraction, en me de-
mandant d'où elle venoit. Je lui avoüai
avec quelle peine je m'étois arraché
d'avec C o d g i H u s s e y n, dont je ne
pouvois affez admirer la vertu. Nous
parlâmes enfuite de mon amour, & ils

me prierent de leur dire ce que je voulois qu'ils fissent pour moi.

Pendant mon séjour à Alger, j'avois
pensé à la conduite que je devois tenir
dans cette affaire, & voici ce qui m'a-
voit semblé le meilleur. PAOLINO sçavoit que j'érois de la Famille de BUFFA-
LIS, & sçavoit que cette Famille n'étoit
pas riche, ainsi il n'auroit pas voulu
me donner sa fille. Je voulois donc engager Dona MARIA ma tante à m'aider,
& j'esperois qu'elle le feroit de tout son
cœur, parceque mon mariage la dé-
chargeroit tout à la fois de ma mere &
de moi.

C'est pourquoi je répondis aux GI-
ROLAMO, que je ne souhaitois rien
maintenant, sinon qu'ils déclarassent à
PAOLINO les raisons qu'ils avoient de
changer ce dessein, au sujet de cette
double alliance avec lui. Qu'après cela
j'esperois que, s'ils travailloient à effa-
cer de son esprit la mauvaise opinion
qu'il avoit de moi, ils réüssiroient aisément, & qu'ils le disposeroient à
écouter les propositions que je lui ferois. Et qu'enfin pendant ce temps-là je
demeurerois caché à Venise, d'où j'é-
crirois à Rome pour obtenir le secours
de Dona MARIA. A a ij

Ils approuverent cette refolution, ils
me promirent leurs fervices, & Ottavio ajoûta même qu'en cas de befoin il
m'avanceroit tout l'argent qu'il me faudroit. Le jeune Girolamo en auroit
bien fait autant, s'il l'avoit pû, car j'a-
vois lié une amitié étroite avec lui ; mais
il dépendoit encore d'un Pere refferré,
& il n'étoit pas le maître d'être genereux.

Cependant le vent continuoit d'être
bon, & nous arrivâmes au Port de Genes, fans avoir eu un feul moment de
mauvais temps. Jamais un Fils prodigue n'a plus fondé d'efperances fur la
mort favorable d'un pere, que j'en
avois fondées fur tout ce que je viens
de dire. Mais les projets que j'avois
formez furent renverfez, & la Ville de
Genes me devoit être funefte encore
une fois.

C H A P. XIX.

Avanture nocturne, & de la sagesse
merveilleuse des Dames Hôtelieres.

IL y avoit deux jours que nous y
étions, & nous devions en partir le
lendemain. Nous nous couchâmes le soir
de bonne heure, pour être prêts dès la
pointe du jour; & Giovanni se fit faire
un lit auprès du mien, afin que je pusse
le réveiller. Sur les dix heures du soir,
lorsque tout le monde dormoit déja,
quelqu'un vint ouvrir doucement notre
porte & sortit. Je crus que c'étoit mon
ami, & je le crus si bien, que je me rendormis dans l'instant. Deux heures après,
je me relevai à mon tour, & au lieu
d'aller où je voulois, j'entrai sans y penser dans la chambre de la fille du logis,
que je ne connoissois pas.

Comme je faisois le moins de bruit
qu'il m'étoit possible, & que j'avois de
ces pantoufles de paille dont on se sert
parmi nous, quelqu'un qui ne m'avoit
pas entendu, vint au-devant de moi; &
en me rencontrant, il me heurta rude-

ment. Qui eſt là, dis-je à demi bas ?
Eh ! qui es-tu toi même, me répondit-
on d'un air brutal ? Cette voix qui m'é-
toit inconnuë me fit penſer que celui à
qui j'avois affaire, n'avoit pas affaire de
ma preſence pour quelque vol qu'il méditoit. C'eſt pourquoi je le ſaiſis à la
gorge & j'allois crier au voleur, lorſque
quelqu'un nous pouſſa tous les deux &
nous fit tomber. En même temps, celui
que je tenois, cria de toutes ſes forces
au meurtre ; mais je ne le lâchai point
pour cela, & je m'imaginai que c'étoit
une ruſe pour m'échapper. J'attendis
que tous les gens de la maiſon fuſſent
venus, & ils furent aſſez long-temps à
venir, parce qu'il faloit allumer de la
chandelle, & que le feu étoit éteint.

Enfin ils en vinrent à bout ; mais à
peine elle avoit paru, que je vis quelque
choſe de blanc, qui la fit diſparoître au
même moment. Ce fut alors une nouvelle confuſion. Les Domeſtiques n'o-
ſoient approcher de peur de recevoir
quelques coups ; ils faiſoient ſemblant
d'ignorer où nous étions, pour n'être
pas obligés d'y venir, & ils ſe tuoient
de nous le demander, & mon antago-
niſte de le leur dire. Pendant ce temps-

là, celui-ci avoit repris le deſſus, & il
me preſſoit la gorge, comme s'il avoit
voulu m'étrangler, de ſorte que je ne
pouvois prononcer un ſeul mot. Mais il
perdit bien-tôt ſon avantage, & je fus
ſurpris d'entendre une grêle de coups de
bâton tomber ſur ſon corps. Il eut beau
crier, vous vous trompez, ce n'eſt pas
à moi, on ne ceſſa point, & il fut obligé de me lâcher, pour aller à ce nouvel
ennemi.

Je me relevai d'abord, & on me dit
à l'oreille de me ſauver, & que la ſervante, qui venoit me dégager, m'avoit
ouvert la porte d'enbas. Jugez de ma
ſurpriſe à ce compliment! je voulus répondre, mais un flambeau qu'un valet
apporta, m'en empêcha; & je vis des
objets qui me donnerent une nouvelle
ſurpriſe. Un gros homme que je n'avois
jamais vû, pourſuivoit la ſervante. La
fille de la maiſon étoit nuë en chemiſe
à côté de moi, & les deux GIROLAMO
étoient au milieu de la chambre, l'épée à
la main, & mêlés parmi les valets. L'inconnu ne vit pas plûtôt de la lumiere,
qu'il quitta la Cuiſiniere à laquelle il en
vouloit auparavant; & en me montrant,
il dit à un Cuiſinier & aux Valets de

l'écurie qui étoient là, de m'arrêter.

Ceux-ci lui répondirent que je n'étois point le voleur qu'il croyoit, & que j'étois un Etranger logé chez lui. Mais il n'écouta rien, & il leur ordonna d'un ton qui me fit juger qu'il étoit le Maître de l'Auberge, de m'enfermer dans un appartement voisin. Ce fut delà que j'entendis le discours qu'il fit à sa fille, & qui m'étonna plus que tout ce qui m'étoit arrivé. Il lui reprocha en termes „ vifs, qu'il étoit à peine absent trois „ jours, qu'on étoit obligé de le rap-„ peller, pour qu'il mît ordre au dés-„ honneur qu'elle lui faisoit, & qu'elle „ s'abandonnoit à un malheureux Turc. Il ajoûta encore plusieurs choses à cette mercuriale, & force coups de bâton la terminerent, sans qu'elle repliquât un seul mot. La servante eut son tour ensuite, & il la rossa méthodiquement : car à chaque soufler ou coup de pié, il lui disoit alternativement ces deux phra-„ ses : Ah c'est donc vous, Madame la „ Coquine, qui étiez du complot ? C'est „ donc vous qui me donniez des coups „ de bâton, pour me faire lâcher prise ?

J'avois déja jugé que le furibond Aubergiste m'avoit pris pour un autre ; mais

mais je n'en doutai plus après ce discours. C'est ce qui me détermina à l'ap-
pèller, & à le prier d'amener avec lui
les deux GIROLAMO dans ma prison. Il
le fit, ils vinrent tous les trois, & la
fille qui avoit reconnu ma voix, entra
aussi. Je n'eus pas de peine à faire voir
mon innocence, & l'Hôte fut obligé de
me demander un pardon que je lui ac-
cordai aisément. Mais sa fille ne fut pas
aussi facile que moi.

Elle commença par le traiter de Pere
barbare, de Pere injuste : elle parût furieuse, & il sembloit qu'elle alloit se jetter sur lui. Mais tout d'un coup elle
changea de couleur, ses yeux se ferme-
rent & elle tomba à mes pieds. Le pauvre
pere étoit assez interdit de ce spectacle ;
mais il n'en fut pas quitte pour cet évanouissement qui l'embarassoit fort. La
servante qui avoit entendu tout, vint
prendre sa part du plaisir de faire enrager le bon-homme, & de lui rendre en
bonnes injures, jusqu'au moindre ho-
rion qu'il lui avoit donné. Voi, lui «
dit-elle, en tenant les mains sur son cô- «
té, voi, Pere dénaturé, ce que tu as «
fait avec tes maudits soupçons. Es-tu «
content à present ? Voilà ta pauvre «

» fille dans l'état où tu la voulois il y a
» long-temps, & tu as trouvé le moyen
» de t'en défaire à la fin. Helas ! si j'a-
» vois prévû cela, je l'aurois bien enle-
» vée de tes mains, & je t'aurois fait
» mettre par la Justice en lieu de sûreté.
» Mais pouvois-je penser que ta diabo-
» lique jalousie auroit été jusques-là.

Ensuite elle se tourna de notre côté,
& elle nous apprit des merveilles sur les
soins qu'elle avoit pris de l'éducation de
la malheureuse A N N E T T A, c'étoit le
nom de cette fille. Elle nous fit voir que
c'étoit un vrai prodige d'honneur, une
ennemie capitale des fleurettes, &
qu'aucun Galant n'auroit osé la regarder entre deux yeux. Enfin elle nous en
dit tant de sa pudique Eleve, que je fus
tenté de n'en croire rien. Cependant sa
chere A N N E T T A revint par nos soins, &
elle dit d'une voix languissante qu'on la
remenât dans sa chambre, qu'elle se
sentoit fort mal ; & que la vuë d'un Pere qu'elle avoit toûjours aimé, & qui
avoit pour elle une haine furieuse la
faisoit encore plus souffrir.

On se disposoit à lui obéïr, lorsque
Dona G I U S T I N A vint dans notre appartement. Elle trembloit de tous ses mem-

bres, elle étoit d'une pâleur extraordinaire, & à peine pouvoit-elle parler.
Elle nous dit que, s'étant levée pour
quelques besoins, elle avoit vû, à la
lueur de la Lune, un homme habillé en
Turc sortir d'un coffre qui étoit dans sa
chambre, & marcher vers la fenêtre à
petit bruit. Qu'elle avoit voulu crier,
mais que cet homme l'avoit menacée de
la tuer ; & qu'en même temps il étoit
sauté dans la ruë sur un gros tas de fu-
mier.

Il ne faloit pas être un homme de la
derniere pénétration, pour voir que ce
Turc étoit celui pour qui j'avois été pris,
& qui nous avoit renversés l'hôte & moi,
lorsque nous étions à la porte d'A N-
N E T T A. Il y avoit apparence qu'il s'é-
toit caché dans la chambre de Dona
G I U S T I N A pendant le desordre, & que
croyant y être seul par le silence de G I-
R O L A M O, il avoit pris ce temps pour
s'évader. Aussi notre Hôte n'en douta
pas, & il donna sur le champ à la chaste
A N N E T T A & à sa vertueuse Gouvernante, des marques terribles de la rage
où il en étoit.

Le lendemain nous nous trouvâmes
si fatiguez de la mauvaise nuit que cette

avanture nous avoit fait paſſer, que
nous reſolumes de reſter encore un jour
à Genes , pour nous y repoſer un peu.
Ce délai donna lieu à une choſe à laquelle je ne m'attendois pas , & à la découverte que l'on fit du Turc.

F I N.

De l'Imprimerie de PRAULT, 1724.

APPROBATION.

J'AY lû par ordre de Monseigneur le Garde des Sceaux, *les Avantures de Don Antonio de Buffalis*. A Paris le 18 Decembre 1723. *Signé*, BLANCHARD.

PRIVILEGE DU ROY.

LOUIS, par la Grace de Dieu, Roy de France & de Navarre, à nos amés & feaux Conseillers les Gens tenans nos Cours de Parlement, Maîtres des Requêtes ordinaires de notre Hôtel, Grand Conseil, Prevost de Paris, Baillifs, Senechaux, leurs Lieutenans Civils & autres nos Justiciers qu'il appartiendra, SALUT. notre bien amé PIERRE PRAULT, Libraire & Imprimeur à Paris nous ayant fait remontrer qu'il lui auroit été mis en main, *le Roman d'Ariane, & les Avantures de Don Antonio de Buffalis*, qu'il souhaiteroit imprimer ou faire imprimer & donner au Public, s'il Nous plaisoit lui accorder nos Lettres de Privilege sur ce necessaires. A ces Causes, voulant traiter favorablement ledit Expofant, Nous lui avons permis & permettons par ces Prefentes de faire imprimer ledit Livre en tels volumes, forme, marge, caractere, conjointement ou feparément, & autant de fois que bon lui femblera, & de le vendre, faire vendre & débiter par tout notre Royaume pendant le temps de *huit années* confecutives, à compter du jour de la datte defdites Prefentes: Faifons défenfes à toutes fortes de perfonnes, de quelque qualité & condition qu'elles foient, d'en introduire d'impreffion étrangere dans aucun lieu de notre obéiffance; comme auffi à tous Libraires, res Imprimeurs & autres, d'imprimer, faire imprimer, vendre, faire vendre, débiter ni contrefaire ledit Livre en tout ni en partie, ni d'en faire aucuns extraits fous quelque prétexte que ce foit, d'augmentation, correction, changement de titre ou autrement fans la permiffion expreffe & par écrit dudit Expofant, ou de ceux qui auront droit de lui, à peine de confifcation des Exemplaires contrefaits, de quinze cens livres d'amende contre chacun des contrevenans, dont un tiers à Nous, un tiers à l'Hôtel-Dieu de Paris, l'autre tiers audit Exposant, & de tous dépens dommages & interests, à la charge que ces presentes seront enregistrées tout au long sur le Registre de la Communauté des Libraires & Imprimeurs de Paris, & ce dans trois mois de la datte d'icelle, que l'impression de ce Livre sera faite dans notre Royaume, & non ailleurs, en bon papier & en beaux caractéres, conformément aux Reglemens de la Librairie, & qu'avant de l'exposer en vente, le Manuscrit ou Imprimé qui aura servi de copie à l'impression dudit Livre sera remis dans le même état où l'Approbation y aura été donnée és mains de notre trés-cher & féal Chevalier Garde des Sceaux de France le Sieur Fleuriau d'Armenonville, & qu'il en sera ensuite remis deux Exemplaires dans notre Biblioteque publique, un dans celle de notre Château du Louvre, & un dans celle de notredit trés-cher & féal Chevalier Garde des Sceaux de France, le Sieur Fleuriau d'Armenonville : Le tout à peine de nullité des Presentes, du contenu desquelles vous Mandons & Enjoignons de faire joüir l'Exposant ou ses ayans cause, pleinement & paisiblement, sans souffrir qu'il leur

foit fait aucun trouble ou empêche-
mens. Voulons que la copie deſdites
preſentes qui ſera imprimée tout au long
au commencement ou à la fin dudit Livre ſoit tenuë pour dûë.ment ſignifiée, &
qu'aux Copies collationnées par l'un de
nos amés & feaux Conſeillers & Secre-
taires, foy ſoit ajoutée comme à l'Original: Commandons au premier notre
Huiſſier ou Sergent de faire pour l'execution d'icelles, tous Actes requis &
neceſſaires, ſans demander autre per-
miſſion, & nonobſtant clameur de haro
Charte Normande & Lettres à ce con-
traires. Car tel eſt notre plaiſir. Donné
à Paris le vingtiéme jour du mois de
Janvier, l'an de grace mil ſept cens vingt-
quatre, & de notre Regne le neuviéme.
Par le Roy en ſon Conſeil. CARPOT,

*Regiſtré ſur le Regiſtre V. de la
Chambre Royale des Libraires & Imprimeurs de Paris N° 740. fol. 437.
conformément aux anciens Reglemens,
confirmés par celui du 28 Fevrier 1723.
A Paris le 2 Février 1724.
Signé, BALLARD, Syndic,*

NOMS DES LIBRAIRES
qui vendent les Livres énoncés dans le Catalogue cy-après.

LE CLERC, ruë du Hurepois, à la Toifon d'or. — *Charles*

SAUGRAIN, au Palais.

MOUCHET, au Palais. — *Denis*

MORISSET, ruë faint Jacques. — *Pierre*

HUET, au Palais. — *Pierre*

PRAULT, Quay de Gefvres. — *Pierre*

MAZUEL, jeune, au Palais. — *J. Bapt.*

OSMONT, fils, l'aîné, ruë faint Jacques. — *Charles II*

HOURDEL, Quay de Auguftins. — *Jean*

HUART l'aîné, ruë S. Jacques. — *Pierre — Mich.*

BIENVENU, au Palais. — *Pierre-Jacques*

D'ESPILLY, Place Sorbonne. — *Robert-Mich.*

HORTEMELS, Place Sorbonne. — *Daniel II et Denis*

AMAULRY, ruë de Richelieu, Sorbonne. — *Gabriel*

MORIN, au Palais. — *Jean-André*

Cc

CATALOGUE
DES LIVRES

Nouvellement imprimés, & qui se
vendent à Paris, chez

LES LIBRAIRES ASSOCIÉS,

dont la Liste est de l'autre part.

A Vantures Choisies, ornées de Figures en Taille-douce. Volume
in douze 1723.   2 l. 10 s.
Les Memoires du Comte de Vordac,
General des Armées de l'Empereur;
où l'on voit tout ce qui s'est passé de
plus remarquable dans toute l'Europe,
durant les mouvemens de la derniere
Guerre; les disgraces, les Voyages,
& les differentes situations de ce
Seigneur. 2 vol. indouze 1723.   5 l.
Les Illustres Françoises, Histoires veritables; où l'on trouve, dans des ca-
racteres tres particuliers & fort dif-

ferens, un grand nombre d'Exemples rares & extraordinaires des belles Manieres, de la Politesse, & de la Galanterie des Personnes de l'un & de l'autre Sexe de cette Nation. Nouvelle Edition, revûë, corrigée & augmentée. in douze, 3 vol.   7 l. 10 f.

De Monsieur RENE' DESCARTES.

Les Principes de la Philosophie, écrits par lui en Latin, & traduits en François par un de ses Amis. Nouvelle Edition, revûë & corrigée, avec des Figures en Taille-douce. Volume in-douze 1724.   3 l. 10 f.
Les Meditations Metaphysiques *du même*, dediées à Messieurs de Sorbonne, nouvellement divisées par Articles ; avec des Sommaires à côté, & des Renvois des Articles aux Objections, & des Objections aux Réponses ; pour en faciliter la lecture & l'intelligence. Nouvelle Edition, revûë & corrigée, en deux volumes in-douze 1724.   6 l.

On imprime actuellement ses Lettres, & tous ses autres Ouvrages de la même grandeur. On les donnera incessamment au Public.

Nouveautés, * dediées à Gens de differens Etats, depuis la Charruë jufqu'au Sceptre. in douze deux volu-
mes, 1724.   5 l.

* Cet Ouvrage est aussi amusant, qu'il est rem-
pi d'une grande varieté, puisqu'il contient cinquante Chapitres principaux, precedés d'autant
d'Epîtres dédicatoires, adressées à soixante & dix
Personnes de differentes Professions ; avec deux
cens Titres ou Articles singuliers, & quatre
Tables extraordinaires.

Les Avantures de Don Antonio de
Buffalis, Histoire Italienne. Volume
indouze,   2 l. 6 f.